La Butte·aux·Anges

Maquette de la couverture : Jacques Léveillé

ISBN 2-7609-3070-X

© Copyright Ottawa 1982 par Les Éditions Leméac Inc.
Dépôt légal — Bibliothèque nationale du Québec
4ᵉ trimestre 1982

Imprimé au Canada

Bertrand B. Leblanc

La Butte-aux-Anges

LEMÉAC

DU MÊME AUTEUR

BASE-BALL — MONTRÉAL
Montréal, Éditions du Jour, 1968.

LE GUIDE DU CHASSEUR
Montréal, Éditions du Jour, 1970.

MOI, OVIDE LEBLANC, J'AI POUR MON DIRE
Collection Roman québécois n° 20
Montréal, Éditions Leméac, 1976.

JOSEPH-PHILÉMON SANSCHAGRIN, MINISTRE
Collection Théâtre/Leméac n° 65
Montréal, Éditions Leméac, 1977.

LES TROTTOIRS DE BOIS
Collection Roman québécois n° 27
Montréal, Éditions Leméac, 1978

Y SONT FOUS LE GRAND MONDE!
Collection Roman québécois n° 34
Montréal, Éditions Leméac, 1979.

HORACE OU L'ART DE PORTER LA REDINGOTE
Collection Roman québécois n° 36
Montréal, Éditions Leméac, 1980.

FAUT DIVORCER!
Collection Théâtre Leméac n° 93
Montréal, Éditions Leméac, 1981.

TIT-CUL LAVOIE
Collection Théâtre Leméac n° 98
Montréal, Éditions Leméac, 1982

Je dédie ce livre à Janine Angers,
Jean Guy et Louis Fortin,
qui ont créé pour moi à la scène
les personnages de *Faut divorcer!*

1

Au détour d'un large méandre contournant une plaine d'alluvions semée d'une douzaine de mamelons plus ou moins élevés, la rivière se redressait tout à coup pour traverser en son milieu le village de Saint-Théophile. Bloquant l'horizon, l'église hautaine lançait sa flèche d'argent presque aussi haut que la fumée de la scierie, seule industrie du village. Le reste de l'espace défriché était voué à l'agriculture qui poussait de larges enclaves jusque dans le faubourg étiré le long des deux rives de la Matapédia. Des quatre ou cinq cents demeures qui formaient l'agglomération, seules l'école des filles et celle des garçons avaient des dimensions un peu importantes. Deux magasins généraux, trois auberges, quelques restaurants, la gare étaient à peu près les seules bâtisses dont la vocation n'était pas strictement familiale, parmi les maisons alignées avec plus ou moins de symétrie sur les trois seules rues du village qui dessinaient un petit carrefour sur la place de l'église.

On était au milieu de la décennie 30. Si en ville, la dépression sévissait avec une sévérité extrême, à Saint-Théophile les choses avaient peu changé. Le lot de la plupart étant la pauvreté depuis toujours, l'agriculture étant par ailleurs la vocation d'un grand nombre, la crise n'apportait pas vraiment de changement notoire. Le travail, certes, était un peu plus rare, un peu plus mal payé, un peu plus court qu'au cœur de la décennie précédente, mais personne ne souffrait trop de la faim. Sauf les familles de quelques malades chroniques et celles des accidentés du travail incapables de gagner manuellement leur existence. Assez significativement, les deux cordonniers étaient amputés d'une jambe perdue à la scierie et l'un des barbiers était un asthmatique chronique en phase terminale. Les commis de magasin, les employés de la banque, le sacristain, quelques charpentiers, un plombier-ferblantier et un peintre en bâtiment étaient parmi les rares sédentaires du village, car même les travailleurs de la scierie qui n'opérait qu'en été devaient l'automne « prendre le bord du bois » avec les bûcherons. Seuls quelques fermiers pouvaient éviter l'exode, les terres encore jeunes n'arrivant pas à nourrir tout le monde.

Le notaire, en même temps secrétaire de la municipalité et de la commission scolaire, et le médecin étaient les seuls professionnels de la place. Ils n'étaient pas plus riches que tout le monde, la majorité les payant en « effets » quand ils les payaient. Voilà pourquoi leur table était bien garnie, leur cave toujours remplie de bon érable. Philosophe, le docteur s'amusait à dire, sans jamais nommer personne, qu'il avait mis la moitié du village au monde à crédit.

Le docteur était un «personnage». Haut en couleur, fort en gueule, cœur d'or, caractère de chien enchaîné, il aurait volontiers tâté de la politique qui était sa passion, si le notaire son meilleur ami, et bien entendu du même parti, n'y avait été plongé jusqu'au cou et n'avait eu des velléités de mise en candidature. Comme il était son aîné — en tout cas il était à Saint-Théophile depuis plus longtemps, ayant repris l'étude de son père — le médecin respectait ce décanat. Ils fréquentaient tous deux le curé, avec Philémon Tremblay, un des marchands généraux. Philémon avait fait des études assez longues, interrompues à la mort de son père. Renonçant aux carrières libérales, il avait assuré la relève. Il n'avait jamais eu à s'en plaindre, du moins sur le plan pécuniaire. À eux quatre, ils formaient l'intelligentsia du village.

Le capital, par ailleurs, était le lot des trois contracteurs forestiers et du propriétaire de la scierie, tous d'anciens bûcherons débrouillards, volontaires et travailleurs qui s'étaient taillés une place au soleil à la force du poignet. On les rencontrait parfois à l'hôtel, mais il n'était pas question de les laisser percer l'intimité du quatuor des «instruits». On se contentait la plupart du temps de parler avec eux de la pluie et du beau temps, à la rigueur des questions économiques. Ce qui n'empêchait pas de les solliciter pour la caisse électorale ou pour une bonne œuvre. Ils en avaient les moyens et, étant généreux, ils acceptaient d'être mis à contribution pour aider à soulager les plus grandes misères. Le docteur qui entrait dans toutes les maisons, le notaire qui était au courant de toutes les hypothèques étaient les rapporteurs de monsieur le curé qui était l'intermédiaire. On ne lui marchandait jamais son aide parce qu'il était raisonnable, n'exigeait jamais pour le superflu et y allait toujours de ses propres deniers. Ainsi, les veuves en charge de famille, les grands malades et les estropiés étaient-ils assurés de ne jamais manquer de l'indispensable. Sauf si le mari était un ivrogne impénitent ou un mécréant qui ne mettait les pieds à l'église que pour faire ses Pâques. Il y avait alors risque que la femme et les enfants paient, un peu injustement sans doute, les fautes du père. Mais enfin ! il ne fallait tout de même pas encourager le vice. À la limite on les aidait, mais on préférait profiter du départ du sacripant pour les chantiers. Dans l'intervalle, il fallait à la pauvre femme faire des prodiges d'ingéniosité. Bien entendu, les marchands faisaient leur large part et « marquaient » beaucoup. Philémon par exemple, avait près de trente mille piastres de crédit. Il n'espérait pas, à moins d'un miracle que son ami ne réalisait pas, revoir jamais la couleur de son argent. Le curé lui recommandait de ne pas s'en faire, que ça lui serait rendu au centuple.

Quant aux petites gens, travailleurs non syndiqués, journaliers, colonisateurs — la paroisse n'avait pas encore cinquante ans — ils vivaient modestement. Le grand luxe était le téléphone qu'une douzaine de propriétaires seulement pouvaient s'offrir. Même les écoles ne l'avaient pas encore. Les plus fortunés faisaient installer une baignoire dans leur demeure et écoutaient religieusement une radio récemment acquise. Sept ou huit automobiles, tout au plus, soulevaient la poussière des chemins, au désespoir des ménagères qui avaient étendu leur lessive et à l'affolement des chevaux encore mal habitués aux pétarades des chevaux-vapeur. Les loisirs se passaient en famille à des distractions aussi anodines que peu dispendieuses. Mais quand on n'a jamais connu mieux... et d'abord y avait-il mieux? Peut-être... en tout cas les gens de cette époque ne pensaient pas d'abord aux loisirs. Ils les prenaient quand ils en avaient le temps, c'est-à-dire quand tous les travaux étaient terminés et que le temps s'y prêtait le mieux.

En somme, un village moyen, semblable à beaucoup d'autres. Un village tranquille? Pas tout à fait. Pas tout à fait. Car il y avait les Pouilleux pour remuer un peu tout cela et alimenter la chronique paroissiale. Les Pouilleux! La «couronne d'épines» de monsieur le curé. Le cauchemar des hôteliers. La terreur des fiers-à-bras. Ils étaient une véritable tribu, sans foi ni loi, ne craignant ni Dieu ni diable, qui vivaient en marge du village et pour tout dire un peu en marge de la société du temps. Ivrognes, vantards, querelleurs, les Pouilleux formaient un clan serré qui ne se mêlait à personne, sauf pour prendre femme. Et alors l'assimilation était irrésistible. En devenant Pouilleux on perdait à jamais son état premier. Les familles qui cédaient une fille devaient en faire irrémédiablement leur deuil. D'ailleurs on s'était objecté aux fréquentations avec tellement de véhémence qu'on s'était généralement brouillé à jamais avec

13

la malheureuse, aveugle au point de ne pas vouloir chercher ailleurs un parti plus convenable.

Certes, les Pouilleux avaient des amis. Enfin, quelques-uns... Invariablement de la pire engeance. Du gibier de potence qui se prenait d'émulation dans le clan, frayait un temps dans ses eaux, y était accepté jusqu'à ce qu'une infidélité quelconque ou un accroc à un code non écrit mais indélébile provoquent le rejet. La sentence était irréversible, car les Pouilleux pouvaient nourrir tous les vices de la terre — en tout cas, on leur en prêtait au moins autant et c'est d'ailleurs tout ce qu'on leur prêtât jamais —, ils avaient une qualité rare: une fidélité indéfectible à l'amitié, à la parole donnée, à leur code d'éthique, et exigeaient d'être payés en retour de la même monnaie. Celui qui était régulier avec eux pouvait compter sur un ami capable de se battre contre n'importe qui et n'importe quoi pour le protéger. Il faut cependant avouer que les Pouilleux aimaient tellement se battre... qu'on les obligeait presque, en leur demandant protection.

Comme c'était la mode du temps et que les menaces n'ont jamais tué personne, on se contentait parfois de servir quelques vigoureux coups de semonce. Parfois même, le Pouilleux impliqué s'en contentait. Parce que c'était vicieux, un Pouilleux. Ça devinait celui qui sait se défendre. Alors, les précautions oratoires étaient courtes. Mais ça devine le pleutre, un Pouilleux. Et comme il faut être deux pour se battre, surtout qu'un Pouilleux respecte le code... alors on l'insulte copieusement, on le traîne soigneusement dans le fumier, on fait remonter sa couardise à la nuit des temps. Ce qui suppose qu'il faut traiter son père, son grand-père, ses aïeux maternels et toute la consanguinité en ligne directe et collatérale, de sans-couilles dont la lâcheté n'a d'égale que la grand-gueule. Le gabarit joue un rôle important dans la provocation d'un Pouilleux. On ne massacre pas un petit, pas plus physiquement que verbalement. On se contente de lui témoigner une pitié dérisoire. Mais si par bonheur l'ennemi est plus lourd, le prélude incantatoire n'en est que plus soigné. L'affront devient cinglant comme le sifflement d'un serpent et à peu près aussi relevé. Et toujours scandé de nobles jurons.

— C'est gros comme une tauraille de deux ans pis ça chie dans ses culottes. Tiens, attends-moé icitte. M'as aller charcher ma femme avec son tue-mouche. A te f'ra pas mal, est en famille.

Des aménités du même style pouvaient durer de l'hôtel, lieu de prédilection pour entamer ce genre de pourparlers, jusqu'à la porte de la victime, même si elle demeurait un mille plus loin. Ainsi tout le village pouvait voir le couillon ravaler sa honte à la grande satisfaction du Pouilleux qui prenait les curieux à témoin. Seul le curé pouvait soustraire une proie à la dent d'un Pouilleux et comme il ne s'en mêlait que si le hasard l'amenait à croiser les belligérants... Mais on ne manquait pas de préciser alors que s'il n'était pas en soutane... Quant au constable municipal, il se faisait introuvable et arrivait toujours quand le Pouilleux avait quitté le champ de bataille depuis longtemps. Oh, il existait bien au village deux ou trois hommes peut-être ca-

15

pables de tenir tête aux Pouilleux, mais comme le veut une règle écrite nulle part, ils n'avaient eu qu'à faire montre une fois ou deux dans leur vie d'une puissance dont ils prenaient scrupuleusement garde d'abuser. Ce qui n'était malheureusement pas le cas des Pouilleux qui aimaient manifestement humilier celui qui avait eu le malheur de les provoquer, accidentellement ou pas. Et ils étaient là-dessus au moins aussi ombrageux que le loup de la fable.

Surtout le Zèbe. Le Zèbe était le plus redouté de la famille et sans aucun doute un homme d'une force peu commune. Il était probablement le plus vindicatif de la portée. L'Uclide, qui le suivait toujours comme son ombre, était le plus éloquent. Ses prônes étaient parfois de véritables petits bijoux d'art sacré, finement ouvragés d'objets du culte et de vêtements sacerdotaux. Un peu moins énorme que le Zèbe, il était de son propre aveu indigne de dénouer la sandale de son frère Usèbe le magnifique. Le troisième en âge, l'Udore, était le plus gros et le plus grand de tous. Un monolithe de six pieds deux ou trois pouces qui dépassait les deux cents cinquante livres. Il n'avait qu'à paraître pour que les genoux fléchissent et les langues deviennent obséquieuses. C'était hélas, le moins pugnace de la dynastie. Un pusillanime! toujours disposé à s'arrêter après le dixième coup de poing. Le Zèbe lui reprochait souvent sa trop grande mansuétude: quelqu'un de ces matins ça lui jouerait de mauvais tours. L'Antime, l'aîné, était un cas. Le seul à peser moins de deux cents livres, il ne ressemblait pas aux autres physiquement. Tout en longueur il ne paraissait pas redoutable.

Illusion d'optique dangereuse! Sable mouvant aussi traître qu'insoupçonné! Ceux qui se fièrent aux apparences apprirent cruellement à ne pas le prendre pour la demi-portion de la lignée, car il était incontestablement le plus sournois du quatuor. Pas orateur comme ses frères, il laissait ses poings, même ses pieds, faire la conversation.

Ils allaient tous à l'église... pour Pâques et Noël, sauf l'Antime qui avait cessé de croire, le jour où il n'avait pas su enrayer une calvitie galopante. Depuis, il affirmait sombrement qu'il n'y a pas plus de bon Dieu que de père Noël. Et il précisait: «C'est connu. Deux inventions!» La première, des curés. La seconde, des Anglais. Toutes deux pour le même motif: l'argent. Et comme il n'en avait pas à donner: «Pas une token!», il se désintéressait à la fois de l'église et des Anglais, ce qui en faisait dans ses propres termes un Canayen protestant: denrée très rare à l'époque, particulièrement dans un petit village gaspésien. Le paradoxe faisait évidemment jaser, le protestantisme, le communisme et l'athéisme que l'on confondait d'ailleurs volontiers, étant en ces temps-là trois pains de la même farine putride, donc également condamnables.

Après ces quatre beaux mâles grouillants de santé, maman Pouilleuse avait mis bas une petite sœur pour ses frères. Fortement charpentée, comme il se doit, elle était cependant fort jolie. Seule la terreur qu'inspirait la horde l'avait sans doute soustraite à la ferveur d'un époux dévoué. Comme elle dépassait maintenant la trentaine et qu'elle était dans toute l'opulence de sa riche frondaison, on comprendra que la Félicité eût déjà tâté du fruit défendu. Elle avait même mis à mal plusieurs brindilles de l'arbre de la connaissance, à la plus totale indifférence du reste de la caste.

La mère, Cédulie, vivait toujours chez Antime l'aîné qui avait hérité du bien, grevé de cette hypothèque apparemment increvable. Le père, Willie, avait trépassé une dizaine d'années plus tôt. C'est lui qui avait, au début du siècle, installé la dynastie à la Butte-aux-Anges qui n'était alors que la montagne à Lavoie. On verra pourquoi elle changera de nom en cours de route. Willie était arrivé des « hauts » avec son frère cadet Antime Ier, parrain de l'autre. N'ayant jamais pris femme, il avait passé sa vie avec son aîné, l'aidant au mieux de ses moyens à exploiter un lopin de terre ingrate comme le fils prodigue et qui chaque printemps, chaque jour d'orage, laissait glisser un peu de terre arable vers le ruisseau Rouge qui charriait ainsi le meilleur de leurs efforts à la Matapédia. Si bien que la Butte famélique s'était étiolée au lieu de se revigorer sous les soins pourtant vigilants des deux premiers Pouilleux.

À propos, chacun au village savait le nom véritable des Pouilleux. C'était des Préjean. Ils vivaient tous, au moment où s'entame notre récit, au pied de la Butte-aux-Anges. Pour la première partie, l'appellation était plus juste que la montagne à Lavoie, car il fallait être bien prétentieux pour donner de la montagne à ce mamelon d'à peine deux cents pieds de hauteur. En tout cas, montagne, monticule, morne, butte ou colline, elle était, avec sa pente de quinze degrés au beau milieu d'une terre d'un demi-arpent, bien assez grosse pour les chevaux des Pouilleux. Elle avait toutefois ceci de bon qu'elle les protégeait du vent du nord et du vent d'est.

Ils y avaient construit, au fur et à mesure de l'émancipation de chacun, quatre maisonnettes de piteuse apparence. La Félicité s'était tout de même logée avec un peu plus d'esthétique que ses frères, sans doute pour offrir à sa clientèle une devanture plus attrayante. Par discrétion pour les gens avec qui elle transigeait, il était aussi plus séant de résider seule. Officiellement, Félicité était chapelière de son état et il lui arrivait effectivement, les jours de grand blizzard, de fignoler une cloche alors à la mode, histoire de tromper l'ennui d'une solitude mal tolérée. Son intérieur était sinon cossu, du moins confortable. Ce qui était d'ailleurs la règle chez tous les Pouilleux pour qui l'esthétique était la dernière, mais vraiment la dernière des préoccupations. De peinture, nulle part. Sauf sur quelques gros cailloux où le Zèbe naissant à la fringance amoureuse avait écrit d'un pinceau fébrile la palpitante histoire de ses rares extases. Un art rupestre étonnamment révélateur, aussi bien par le contenu que par l'orthographe. Pour revenir à la construction, il faut déduire que les Pouilleux étaient des sages qui savaient que le bois pourrit plus vite quand on le maquille. Comme un visage de bonne femme, quoi!

Les extérieurs étaient donc rustiques. Sales aussi. Et dépouillés de symétrie aussi bien dans la disposition que dans la structure. Les bâtisses qui s'étaient ajoutées au domaine au cours des ans l'avaient fait où et comme elles avaient pu et à leur corps défendant. Ce n'est pas un Pouilleux qui leur aurait dit de s'aligner convenablement. Tout à fait antimilitaristes, les Pouilleux! Pas davantage sélectifs pour les matériaux. Plutôt hétéroclites. Au hasard des disponibilités de quinze ou vingt ans de misère, on avait collé des planches debout, à l'horizontale aussi, si on n'a pas le niveau trop exigeant... Du revêtement en bardeaux pour cacher cela en partie. De la tôle aussi et du papier de brique, et du goudronné. Un œil un peu fouineur y aurait même reconnu des affiches qui chantaient à l'époque les vertus d'une limonade ou d'un fin tabac de Virginie encanné à Montréal. Les fondations étaient en cèdre chez l'Antime, en pierres chez l'Udore, en béton chez les autres. On avait délimité les lots de chacun : un bout de clôture de fil de fer chez l'Antime, des pieux de cèdre chez les autres, sauf chez l'Uclide qui, par un souci de diversité sans doute, s'était «clos» avec des dosses de bois de sciage qui le faisaient parler fièrement de sa clôture de «slappes». Le temps qui arrange tout, c'est connu, se chargeait lentement d'écorcer la palissade à l'Uclide. Pour compléter le capharnaüm, quelques vieux barils rouillés faisaient office de poubelles, plus souvent couchés que debout, sans doute pour rendre la tâche plus facile aux rats. Des tas de bois de chauffage garroché au hasard encombraient le peu d'espace disponible. Un banc de scie attendait la bise d'automne pour qu'on se décide à «débiter» les billes dont on ferait d'autres tas qui reposeraient encore un bon moment avant qu'on ne pense à les fendre. Les tas ainsi multipliés ne seraient cordés qu'à la première neige et plus souvent qu'autrement par les enfants, ce qui explique sans doute pourquoi la moitié gisait toujours pêle-mêle à côté des cordes plus ou moins rectilignes.

Trois grands chiens à gènes danois, aggravés de sérieux soupçons de saint-bernardisme — une doctrice assez répandue à l'époque — et un gros brin de berger allemand, sans doute pour le bellicisme, veillaient sur le domaine. Apparemment frères de lait, ayant, de toute façon, tété la même misère qui leur avait fait un caractère absolument exécrable, ils s'élançaient du matin au soir et même la nuit au bout de leur chaîne en crachant leur hargne sur tout ce qui bougeait autour d'eux. Ils montaient parfois tous trois en même temps sur leurs niches vacillantes et s'y faisaient la voix en chantant des bêtises à faire fuir, la queue serrée, les chiens d'un meilleur monde, scandalisés par des jurons débités avec autant d'aplomb que si les Pouilleux eux-mêmes les avaient articulés.

Pour compléter la ménagerie, un chat borgne regardait trois chattes, aussi mal peignées que lui, poursuivre des rats dégoûtants à travers les déchets jetés comme par hasard autour des poubelles. On n'a même pas pris la peine de lui donner un nom. Quand les enfants veulent jouer avec lui — l'écœurer, oui — ils lui hurlent des « minou » par la tête. De quoi le dégoûter à jamais de l'espèce humaine, lui un authentique Pouilleux qui n'a reculé devant aucune bagarre depuis dix ans qu'il fait des petits dans tous les coins de la Butte, et la loi en même temps. Quand d'aventure, il cherche à se ménager la tête des guillotinés, seul morceau digne de son palais délicat, les maudites harpies lui crachent leur offusquement et leurs commentaires désobligeants à la barbe. Elles sortent alors les ongles et menacent de lui arracher un œil, à ce paresseux. Comme il ne lui en reste qu'un et qu'il n'a jamais toléré qu'une femelle le frappe en haut de la ceinture, il se retire en secouant la queue de rage et de dépit. Ah, ce qu'il peut les mépriser, ces minettes insignifiantes qui ronronnent comme des abruties chaque fois qu'un humain leur passe la main dessus! Quand il pense qu'elles vont venir lui mettre le cul sous le nez à la prochaine lune effervescente et rousse — mais qu'est-ce que vous voulez que ça lui sacre, la couleur! — et qu'il n'aura pas le courage de les envoyer promener après leur avoir soigneusement crêpé le chignon! Il sait bien qu'il va encore se mettre à roucouler de sa belle voix de basse. C'est plus fort que lui, il n'a jamais su résister à l'arôme d'un derrière de minoune en chaleur. Un parfum qui lui chavire chaque fois le cœur, le rend caressant comme un vent du sud, lui fait trouver des compliments impeccables, un vocabulaire de poète. Ah! Vieillir! Vieillir pour pouvoir enfin les abreuver d'un mépris souverain… et pontife, tiens…!

Ajoutons à ce tableau idyllique les mioches qui courent, hurlent, se chamaillent du matin au soir, passant de la joie à la colère, à la douleur, et nous voilà assez bien renseignés sur la colonie des Pouilleux: sale, désordonnée, grouillante, bruyante et pétante de santé. Mal engueulée aussi, sauf la petite Ange-Aimée qui diffère tellement des autres qu'on ne la croirait même pas apparentée à la quarantaine de petits Pouilleux qui préparent la relève en bégayant de gros jurons bien avant ses prières. Ce qui, bien entendu, fait sourire d'une tendresse émue les pères autrement peu enclins à caresser une marmaille qui leur suce littéralement le sang des veines. En effet ce ne sont pas des enfants, ces petits Pouilleux, ce sont des appétits qui grouillent jour et nuit. Mais comment est-il Dieu possible qu'Ange-Aimée soit si différente?...

2

Mais d'abord comment cette histoire a-t-elle commencé? Par une suite d'événements qui, s'entrechoquant les uns les autres dans une bousculade incontrôlable, avaient provoqué une avalanche dont on n'avait vu les résultats qu'une fois la poussière retombée sur la dernière pierre. Une pierre tombale... Une série d'événements dont le premier était tout à fait banal: comme chaque année les bûcherons avaient pris le chemin des chantiers. Comme d'habitude, on ne se faisait aucune illusion, espérant simplement traverser l'hiver sans encombre. On acceptait l'éloignement avec la résignation atavique propre aux travailleurs forestiers du temps, en souhaitant seulement ne pas être éprouvé par un malheur au-delà de ses forces. Bref, un automne pareil à tant d'autres, un automne sans histoire car les pauvres ne font l'histoire que lorsqu'ils crèvent en bande ou qu'ils crèvent de façon spectaculaire.

Comme à l'accoutumée, Zèbe avait pris le « bord du bois » le lendemain de la Toussaint. À pied, bien entendu. Un automne particulièrement difficile l'attendait. Pourtant, le bois était aussi avantageux que de coutume, les « bûchers » n'étaient pas spécialement éloignés des camps, le terrain était propice aux coupes. En fait, le travail aurait pu être aussi profitable que d'habitude, si le temps ne s'en était pas mêlé. Mais il avait plu presque sans arrêt jusque tard en novembre, puis, jusqu'à la mi-décembre, une neige abondante avait alterné avec des dégels continuels, de sorte que les bûcherons avaient travaillé trempés jusqu'aux os six jours par semaine. Le froid et le temps sec ne s'étaient installés à demeure qu'une dizaine de jours avant Noël. Un pareil acharnement de la nature à les décourager avait rendu les travailleurs particulièrement maussades.

Et Noël qui était tout près. Qui aurait pu flairer un air de fête dans cet enfer ? La seule cloche qu'on entendrait à minuit serait celle de la cuisine, mais pas pour appeler à la messe. Le curé de Saint-Isidore, dernière paroisse avant le grand bois, étant venu « faire la mission » la semaine précédente, on devrait se contenter du chapelet, suivi d'un réveillon aux fèves au lard. Puis, on se retrouverait seul sur sa paillasse avec les bras d'enfants insaisissables passés au cou d'un rêve impossible. Perspective misérable qui emplissait tout le monde d'une tristesse lancinante. Ceux qui savaient un peu écrire prenaient les messages des compagnons qui ne le pouvaient pas. On disait à la femme prise « au bord » avec les enfants qu'on allait bien, que la santé était bonne, qu'on s'était, malgré tout, fait de « bonnes gages », qu'on ne s'ennuyait pas

26

trop. Mais le cœur n'y était pas et entre les lignes, tout l'espace était sombre comme un ciel de tempête.

Accroupi sur son grabat, la mine terrible, Zèbe ruminait ces mornes pensées en maudissant le destin qui le forçait à quitter les siens sept, huit mois par année pour s'assurer qu'ils ne crèvent pas de faim. Et Noël, Noël tout seul, sans un coup à prendre, sans un quadrille à danser, sans un bébé à faire sauter sur ses genoux, sans une femme à étreindre... Quand donc cesserait cette transhumance de nomade s'enfonçant chaque année plus loin dans une forêt que la cognée reculait sans cesse? Plus loin de la chaleur du foyer, des rires des petits, d'un lit à dimensions humaines, d'une table au goût de sa gourmandise. Plus loin des caves d'hôtel où l'on se grise de camaraderie et de bière. Plus loin de la parenté qui s'attarde dans les retrouvailles. Quand donc finirait cette maudite vie de chien? Repu de fatigue et de nostalgie, Zèbe s'endormit enfin dans la puanteur d'un dortoir surpeuplé qui ronflait son abrutissement.

À cinq heures, la cloche de la cuisine le tira du sommeil. Plutôt que de se hâter vers la table, Zèbe mit la chaudière sur la « truie », sortit son rasoir et commença une toilette minutieuse. Il n'avait pas encore terminé quand les compagnons de chambrée revinrent. On s'inquiéta comme de raison et on demanda à Zèbe ce qui lui arrivait pour procéder à pareil grand ménage. Zèbe annonça simplement:

— J'prends le bord d'en bas. Noël c'est pas pour les chiens!

Mais... y avait-il bien pensé, trente milles à pied, en plein hiver?

— Douze heures de marche ou ben douze heures de sciotte, j'vois pas la différence. À part de ça, poursuivit-il, si y en a que ça les tente, la «trail» est assez large pour tout le monde.

L'Uclide avait déjà fourré son linge sale dans un baluchon et préparait ses raquettes. Après une brève discussion, quelques bûcherons s'étaient décidés à l'accompagner. La plupart, cependant, avaient calculé mentalement le manque à gagner, apprécié la distance à parcourir, évoqué la possibilité d'une bordée de neige ou, pis encore, d'une tempête et avaient opté pour endurer, se promettant de s'abrutir de travail pour oublier un peu. La fugue de Zèbe les avait toutefois rendus plus tristes encore. On lui en voulait de tourner ainsi le fer dans la plaie. Avec un peu de retard et sans conviction, le camp se vida de sa misère et prit le chemin des coupes. Il faisait toujours nuit.

Regaillardi, Zèbe garrocha son sac sur le dos et prit la direction opposée. Vers midi, le petit groupe de marcheurs arrivaient à la Branche Nord où on avait convenu de manger. On alluma un feu où l'on mit à griller un généreux morceau de saucisson qu'on avala avec du pain recouvert de mélasse. Et puis on arrosa le tout d'un thé «à faire flotter un clou». Une demi-heure plus tard les hommes étaient de nouveau en route. Comme il restait encore plus de la moitié du chemin à franchir, qu'il leur fallait grimper les côtes de la Montagne-aux-bleuets généralement fouettée par la poudrerie, il con-

28

venait de ne pas flâner. En tout cas, il fallait autant que possible et sans « rester » les moins bons marcheurs, atteindre les colonies avant la nuit. Après, il n'y aurait plus qu'une dizaine de milles de marche et le pire serait fait : la « hauteur des terres » serait derrière eux. Si le temps se maintenait au beau, ils n'auraient même pas à chausser les raquettes, car les voitures de « portage » avaient assez bien battu le sentier. Quant au « bout d'en bas » il était carrossable, du moins la plupart du temps, de sorte que la dernière étape serait plus facile. En tout cas, on l'espérait. Par contre, si le temps tournait au vilain, on pourrait toujours trouver refuge chez un colon et ne pas coucher dehors.

Heureusement, le beau temps précurseur de neige persista toute la journée, si bien qu'à cinq heures ils parvenaient à Saint-Isidore, où ils se restaurèrent une dernière fois. Malgré les invitations pressantes à attendre au lendemain pour terminer le voyage, ils repartirent pour le village qu'ils atteignirent vers neuf heures. Le petit groupe se disloqua bientôt au hasard des maisons de chacun et Zèbe, avec Uclide son voisin, furent les derniers à arriver chez eux.

Une fois la surprise passée, car Zèbe n'était plus venu à Noël depuis quelques années, Jeanne se laissa aller à une joie débordante où les larmes se mêlaient à d'interminables embrassades.

— Y a pas à dire, s'étranglait Zèbe, ça valait trente milles de marche. Ah oui ! ma vieille !

Il fallut lever les enfants, même le petit dernier qui grognait sous la lumière trop crue. Transportée d'allégresse, Jeanne apporta à son homme un grog fumant d'un « petit blanc » adouci de deux grandes cuillerées de sucre. Comme elle ne s'était jamais laissé aller à pareille largesse — Zèbe buvait bien assez seul — ce geste embua les yeux de son mari. Il dut, pour ne pas montrer sa faiblesse, torcher son émoi du revers de la manche. Puis pendant qu'il sirotait tout doucement, Jeanne mettait le rôti de porc au four, tranchait deux gros morceaux d'un pain qui fleurait meilleur encore que celui du cuisinier, et disposait le couvert.

— Y a pas à dire, clama Zèbe, avec la cave du Central, la maison c'est ce qu'y a de mieux au monde, veux veux pas !

Une heure plus tard, les enfants de retour au lit, Zèbe suivit, le souffle court de désir, sa Jeanne aussi émue — Zèbe l'aurait juré — que le jour de ses noces.

Habitué à se lever avant le jour, et malgré la randonnée de la veille, il était debout à sept heures. Il avait, cela va de soi, présenté à nouveau ses hommages les plus pressants à sa dame. Comme il n'y avait pas d'école, les enfants se levèrent et mangèrent pêle-mêle puis coururent profiter d'une belle neige floconneuse qui s'était mise à tomber durant la nuit et achevait d'effacer toutes les saletés du village. On aurait un Noël tout blanc qui recouvrirait les laideurs qui désignent les maisons des pauvres. Zèbe pouvait se blanchir à son tour. Aussi se glissa-t-il voluptueusement dans le baquet que Jeanne avait rempli pendant que les petits terminaient leur repas.

Frais comme une rose du matin, endimanché, Zèbe se berçait maintenant près de la

fenêtre et s'informait des derniers événements.
Pas grand-chose dont il n'avait pas déjà été mis
au courant par les «portageurs». Faisant mine
d'ignorer, histoire de meubler la conversation, il
s'apitoyait pour la forme sur la mort de la femme du docteur, foudroyée dans la force de l'âge.

— Était pourtant ben grasse hen? Qui c'est
qui aurait dit ça...

Sa femme acquiesça d'un geste résigné et
Zèbe tira la conclusion:

— Ma femme, les riches y passent comme
nous autes, tu sais. Ça veut dire qu'on est pas
ben ben pésant dans la main du Bonyeu.

Un long silence suivit, interrompu seulement par le bruit sec de la vaisselle qui s'entre-
choquait dans l'évier. Zèbe eut alors un geste,
mais le réprima tout de suite. Que dirait les gens
s'ils savaient que lui, Zèbe Préjean, s'abaissait à
torcher les assiettes! Il chargea plutôt sa pipe et
demanda à sa femme si elle avait tout ce qu'il
fallait pour le réveillon. Oui. Ça pouvait aller.
Elle avait l'essentiel. Elle avait fait des tourtiè-
res, des beignes. Elle avait tué deux gros pou-
lets. Elle avait même trouvé le tour d'acheter
une douzaine d'oranges. Pour les enfants, comme de raison. C'était tout, mais ça pouvait aller.
Il y en avait de pires qu'eux. Elle en connaissait
plusieurs qui ne réveillonneraient pas du tout et
se contenteraient de l'ordinaire. Zèbe ne répondait pas, se bornant à regarder sombrement
l'arbre de Noël chétif qui bloquait le coin de la
cuisine. Le Borgne qui essayait de la patte de
faire tomber la plus basse des quelques boules
qui ornaient le sapin avec des papiers de plomb
tortillés et des anges de carton qu'Ange-Aimée

avait découpés et coloriés, reçut au cul un coup de pied qui traduisait fidèlement l'état d'âme du pauvre homme. « Qu'est ce qui te prend, mon vieux ? »

— Maudite argent ! se contenta de répliquer Zèbe.

À ce moment, l'Uclide accompagné de ses deux frères qui, travaillant au village, n'hivernaient pas dans les bois, entrèrent. Ils étaient déjà un peu éméchés ; ils avaient commencé avant le petit déjeuner à fêter le retour des bûcherons. Uclide qui n'avait pas vu la Jeanne depuis deux mois la poursuivait autour de la table et voulait tout de suite « faire son jour de l'an ». Jeanne gloussait et appelait Zèbe à son aide. Déjà occupé à préparer un coup pour ses frères et se fichant éperdument des fausses pudeurs de sa dulcinée, Zèbe la calmait :

— I' te mangera pas, sa mère, Laisse-lé fére. C'est le meilleur moyen pour t'en débarrasser.

Effectivement, dès qu'elle s'arrêta et tendit la bouche, il resta bêtement planté devant elle, sans moyens, comme un enfant surpris le sexe à la main. Ses frères durent l'encourager :

— Envoye, Uclide, envoye ! Tu voés pas qu'a veut ?

Pour ne pas passer pour un froussard bon seulement à pavaner, Uclide s'exécuta bruyamment et, se tournant vers ses frères, s'exclama :

— Ça donne soiffe, ces p'tits jeux-là !

Son verre était déjà prêt. Malheureusement, ce qui restait de la bouteille disparut bien vite au gré des buveurs. Au point que les exhortations de Jeanne restèrent aussi vaines que celles de ses belles-sœurs. Le quatuor des Pouilleux prit quand même le chemin de l'hôtel.

— Au moins, oubliez pas la minuit, insista-t-elle. Elle ne se faisait toutefois pas trop d'illusions. Elle savait trop ce qu'étaient les saouleries des gars de bois. Elle avait déjà passé quelques nuits de Noël seule avec les petits. Elle en avait passé plus encore à soigner un ivrogne malade à se cracher les boyaux. Enfin... Il fallait le comprendre. Il avait dû tellement s'ennuyer. Et puis, n'avait-il pas marché près de quinze heures pour les retrouver? Elle n'allait pas chicaner tout de suite. Elle aurait bien le temps...

À l'hôtel, on passa la journée à bûcher. Les arbres tombèrent comme le blé sous la faux. On parcourut des «ravages» d'orignaux gros comme des éléphants. On traversa des blizzards épouvantables. On franchit sur un billot des rapides vertigineux. Une bagarre faillit éclater parce qu'un buveur sceptique, mais surtout imprudent, avait osé mettre en doute un des exploits de Zèbe. Il l'invita sur-le-champ à venir faire connaissance avec les «jointures» de Zèbe Préjean. Ses trois frères arrivèrent à peine à l'empêcher d'aller chercher le mal élevé qui déclinait une invitation aussi correcte. Ce n'est qu'aux accents du *Paix sur la terre aux hommes de bonne volonté* que Zèbe réussit à se retremper dans l'esprit de la fête. Magnanime, il pardonna. Grand prince, il offrit une bière, une grosse! à l'incrédule qui admettait maintenant volontiers qu'un homme de la carrure de Zèbe Préjean pouvait en effet sciotter six cordes de bois, cordées dans les piquets s'il vous plaît! tous les jours de la semaine; qu'il était bien capable le soir de mettre un quart de lard sur son épaule et qu'il réussirait sans doute à étamper la semelle de sa botte de drave dans un plafond de sept pieds et demi.

— Huit pieds! hurla Zèbe.

Pardon, il avait mal compris... Huit pieds, d'abord! Il était évident par ailleurs qu'un colosse comme Zèbe pouvait manger deux tartes au sucre pour dessert après s'être envoyé trois assiettes de «bines». Quant aux femmes, le nouveau laudateur enviait celle de Zèbe. Avec un homme pareillement proportionné, elle devait être chaque soir aux anges du septième ciel.

La journée passa ainsi à se renvoyer un crachoir plein d'exploits, chacun faisant assaut de vantardise et enflant ses prouesses jusqu'aux dimensions de l'épopée. De temps en temps, on invitait un arrivant à «tirer un coup de poignet». C'était une sorte d'avertissement amical à partager sans réticences les opinions des Pouilleux et à croire de bon gré, en tout cas sans protestation, au merveilleux dont ils emplissaient la taverne.

Vers cinq heures, on parla de rentrer souper, mais Zèbe s'y opposa formellement: une journée entre hommes, ça se passe entre hommes jusqu'au moment d'entrer au lit. Toutefois, pour se faire un fond, on avala chacun quatre ou cinq sandwiches qu'on s'empressa de noyer dans la bière le reste de la soirée. C'est-à-dire jusqu'à dix heures, car il était alors interdit de garder les bars ouverts après cette heure.

La démarche pas tout à fait assurée, les quatre frères reprirent le chemin de la Butte un bon mille plus à l'est. La neige tombait toujours et rendait la marche plus difficile encore. Si bien des gens se réjouissaient ce soir-là de l'assurance d'un Noël tout blanc, pas les Pouilleux! En tout cas, ni l'Uclide, ni le Zèbe qui entrevoyaient les journées interminables à bûcher la neige à la fourche. Puis après, il faudrait la pelleter, cette maudite neige, pour charger les billots. Et il faudrait encore la pelleter pour les jeter à l'eau. Il faudrait enfin qu'elle se change en eau cette saleté pour mieux leur laver le cul tout au long de la «drave». Oua... Les Noëls tout blancs, le petit Jésus pourrait bien se les garder s'il était moins sauvage pour les pauvres.

C'est ainsi que le Zèbe philosophait quand on arriva chez l'Antime. On voulut continuer chacun chez soi, mais l'Antime se fâcha au point de menacer de casser des gueules si on ne lui faisait pas l'honneur de rentrer prendre un verre chez lui. Oui, mais... Mais quoi!? La femme... Il voudrait bien voir lui, Antime Préjean, l'aîné des fils à Willie Préjean, la femelle qui ne recevrait pas poliment ses frères le soir de la minuit! Elle pouvait réserver tout de suite une place à l'hôpital, la bonne femme qui n'ouvrirait pas toute grande la porte à ses petits frères. D'ailleurs, la question n'était pas là. Sa femme elle-même serait insultée, si elle apprenait que ses beaux-frères avaient refusé une invitation aussi délicate. Jamais l'Antime n'avait tant parlé. Il fallait qu'il fût vraiment vexé. Éveillée par la discussion orageuse, sa femme venait d'ouvrir la porte...

— Rentrez donc, bande de soûlons, plutôt de réveiller tout le voisinage avec vos hurlements de fous!

— Qu'est-ce que j'vous avais dit, chialait l'Antime, qu'est-ce que j'vous avais dit? Ça, c'est ma femme! Le cœur sus la main, Calvaire! Le cœur sus la main.

Et s'engouffrant chez lui, il troussait de ses grandes pattes sa Rose dépoudrée. Les autres s'excusaient, prenaient Dieu à témoin qu'ils ne voulaient pas déranger, hein, que si elle n'avait pas tant insisté... Coupant court aux excuses, Antime réclama à boire et la Rose épineuse sortit d'un placard poussiéreux et enchevêtré une canistre en fer-blanc.

— Du *Hand Brand*, s'exclama le Zèbe, ému jusqu'aux larmes. Ça c'est un p'tit boére pour homme!

En effet, ce whisky de contrebande qu'on réduisait à trois ou même quatre dans un, pouvait cuire un ulcère d'estomac aussi sûrement qu'un tison de feu de forge.

— Tiens, maugréa la Rose dépeignée, finissez de vous saouler, maudits cochons!

— A l'a toujours le mot pour rire, ricana l'Antime en choquant son verre contre celui de ses petits frères. Puis un très long silence... Et des visages congestionnés. Des yeux exorbités. Des poings serrés. Chacun, cherchant un souffle très fugace, se concentrait au maximum. Zèbe fut le premier à le rattraper et parvint à murmurer:

— Si le Bonyeu a faite quèque chose de meilleur, mes p'tits fréres, ben i' l'a gardé pour lui!

Prévenant, l'Antime ajoutait:

— Le deuxième passe toujours mieux. Vous allez voére.

— Comme si i' le savaient pas, riposta la Rose ébouriffée.

— Tiens, t'en prends pas une p'tite goutte, la mére ? réplique l'Antime. Ça te mettrait le cœur en fête... pis ça te réchaufferait les sangs un peu itou.

— Marci ben ! J'sus mieux d'me préparer pour la minuit, parce que d'après c'que j'peux voère icitte, c'est pas vous autes qui allez voler le banc d'œuvre à soère.

On s'empressa à l'unanimité de trinquer une troisième fois à une répartie aussi judicieuse.

Comme il était maintenant onze heures, la Rose peignée leva les enfants qui, clignant des yeux, vinrent saluer les oncles. Faisant sauter les plus jeunes sur leurs genoux, dépeignant les plus vieux, les frères Pouilleux se passaient tour à tour la progéniture antimienne. En sautant ainsi d'un genou à l'autre, les mômes recevaient un beau cinq cennes « tout neuf » qu'ils serraient bien fort dans leur petit poing. La Rose bichonnée dut les arracher aux étreintes viriles et distribuer quelques taloches pour inciter les plus jeunes à se débarbouiller et à se parer de leurs plus beaux vêtements : les moins usés.

L'Udore suggérant alors d'aller faire le père Noël chez lui, les frères se levèrent avec un bel ensemble. Même l'Antime que sa Rose parfumée n'arriva pas à décourager d'aller écœurer la Marie. Elle n'ajouta pas « couche-toi-là » mais sans doute y songea-t-elle... La Marie était en effet plus accueillante et se contenta de rire en voyant arriver les rois mages. Elle n'avait malheureusement que de la bière à « bibittes », mais c'était de bon cœur. Ce n'était pas de refus non

37

plus. Les estomacs des Pouilleux avaient survécu à des mélanges plus fantaisistes encore. Comme les enfants étaient tous debout, on recommença le même manège que chez l'Antime. Puis ce fut au tour d'Uclide d'inviter. On ne pouvait pas refuser sans manquer gravement aux règles de la bienséance. Enfin, même si on entendait la cloche appeler les fidèles, on dut passer chez Zèbe, avant de retourner chez soi. Zèbe insista alors pour raccompagner chacun. Ses frères protestèrent que ça n'était pas nécessaire. On savait que Zèbe se ferait trancher la main pour ses frères. S'il y avait un homme sous le pignon du ciel à aimer sa famille, c'était Zèbe Préjean. Chacun savait cela. Alors pas nécessaire d'insister. Et puis ils étaient bien assez grands pour rentrer seuls. Ils ne « s'écarteraient » pas. Mais quand Zèbe avait quelque chose en tête...

D'ailleurs, il avait également une autre idée en tête, le Zèbe... Après avoir fermé la porte sur son dernier frère, il revint chez lui et sans faire de bruit pour ne pas alerter sa femme qui mettait la dernière main à son réveillon, Zèbe entra dans sa remise, fouilla un peu, trouva un sac d'avoine vide et le fourrant sous son bras, partit vers le village. Il en revint une heure plus tard, remit le sac dans la cabane et s'ébrouant de la neige qui le recouvrait, il rentra. L'air frais, la marche, l'avaient dégrisé. En tout cas, s'il avait toujours l'âme en fête, il marchait d'un pas mieux assuré. Jeanne s'en étonna. Elle avait cru tout naturellement qu'il avait continué de boire avec ses frères et qu'il reviendrait ivre mort. Zèbe se contenta de lui dire qu'il était peut-être possible, après tout, qu'il supporte mieux la boisson en vieillissant. Trop heureuse de le voir à peu près convenable et toute à la joie d'un réveillon décent où ils seraient une famille complète, elle répliqua seulement:

— Allonge-toi, mon vieux. J'te réveillerai pour le réveillon.

Protestant mollement, Zèbe se laissa conduire à sa chambre où il s'endormit aussitôt. Lui retirant ses chaussures, Jeanne murmura: «C'est quand même un bon gars, mon homme. Si c'était pas de la maudite boisson...»

Puis elle referma doucement la porte et mit au fourneau les quatre tartes à la cassonade qui devaient compléter le menu du réveillon.

Un peu avant deux heures et demie, les enfants étaient de retour. Jeanne réveilla son mari qui s'amena dans la cuisine pour réclamer ses bottes.

— Tu vas toujours pas r'partir, toé là!

— Oui sa mère, mais pas pour longtemps.

Écartant de la main les protestations de sa femme et des enfants qui faisaient chorus, il sortit. Vingt, vingt-cinq minutes plus tard, un père Noël grotesquement vêtu fit irruption dans la maison sous les yeux exorbités des enfants qui laissèrent tomber la fourchette dans l'assiette. Le sac d'avoine s'ouvrit sous leurs yeux ébahis et les jouets, les bonbons, quelques vêtements même, tombèrent dans les mains tremblantes des petits qui avaient cru jusque-là que le merveilleux de Noël, c'était, en tout et pour tout, de tenir une grosse orange qui pique agréablement les narines et de contempler les jouets dans les vitrines du magasin général. Toujours mystérieux, le père Noël souhaita la bonne nuit de sa grosse voix rauque, éclata d'un rire sonore et referma la porte sur lui.

Quand Zèbe revint, la fête battait son plein.

— R'garde, papa, le père Noël est passé!

— Ça parle au yâbe, s'exclama le Zèbe. Mais… mais… c'est pourtant vrai!

Son plus vieux, qui n'avait pas été dupe, se pinçait les lèvres pour ne pas rire et Ange-Aimée qui l'avait également reconnu le regardait avec un air que Zèbe ne sut pas déchiffrer. Mais, allez donc savoir avec les enfants d'aujourd'hui, surtout avec les filles… Quant à Jeanne, elle se contentait de hocher la tête, mais dans ses yeux une certaine tendresse luttait contre la peur. Comme pour expliquer son geste, Zèbe dit:

— Après toutte, le Bonyeu se s'ra rappelé qu'y a des êtres humains autour de la Butte itou!

— Pis, i' aura manquablement envoyé le père Noël, enchaîna sa femme avec un sourire un peu jocondard aux commissures.

— C'est pas toutte, asteure. J'mange pas de nanane moé, mais j'ai soif en enfant d'nanane! Tu dois ben avoère caché un p'tit dix onces quèque part…

— Mon vieux, reprit Jeanne, si ça te fait rien, j'pense que j'vas prendre un p'tit verre avec toé.

— Ben bout de maudit! Ça, ma femme, c'est le plus beau cadeau que tu pouvais me fére, et il étreignit tendrement sa Jeanne, du moins le crut-il…

Tard dans la nuit, les toupies tournèrent sur la table. C'est que, sur le plancher sans prélart et plein de nœuds, on n'y arrivait pas. Par contre, les petites automobiles y roulèrent jusqu'à la panne sèche, pendant que les fillettes donnaient la fessée aux poupées qui ne voulaient pas veiller aussi tard que les petites mamans. Quand tout le monde fut enfin endormi, Zèbe prévint les questions de sa femme en lui disant simplement :

— Y a des limites à la pauvreté qu'un homme peut endurer. On a droit à notre part, nous autres itou. Pis j'veux pas entendre un r'proche. C'est ben compris ?

— Ben oui, mon vieux, ben oui. J'voulais seulement te r'marcier... malgré toutte...

Deux minutes plus tard, l'âme en paix avec les hommes de bonne volonté, Zèbe dormait à poings fermés. Jeanne, non ! Elle sursautait au moindre bruit, convaincue que le jour ne se lèverait pas avant que la police ne vienne tirer Zèbe de son lit. Et la messe de Noël qu'elle ne pouvait manquer... Mais comment pourrait-elle s'y montrer sans que la honte et la peur la trahissent ?...

3

En fait, la police ne vint ni le jour de Noël, ni le lendemain. De toute évidence, Zèbe n'avait pas été vu et la neige, recouvrant des pistes d'ailleurs savamment brouillées, n'avait mené les enquêteurs nulle part. Il faudrait sans doute attendre une indiscrétion, à moins que le marchand ou son livreur ne reconnaissent quelque part un objet volé. Bien entendu, l'indiscrétion vint d'abord. Trop tard toutefois pour intercepter le Zèbe qui était déjà en route vers les chantiers. Il y apprit la nouvelle par le patron qui revint le surlendemain du jour de l'An. Prenant Zèbe à l'écart, il lui raconta que quelqu'un — il ignorait qui, le constable n'ayant pas voulu révéler ses sources — avait prévenu le marchand. Peut-être une lettre anonyme... Philémon avait envoyé Gagnon arrêter Zèbe. Ne l'ayant pas trouvé au logis, il s'était contenté, malgré les protestations des petits, de reprendre les jouets. Quant aux bonbons...

— Tu peux toujours aller les prendre où i' sont, avait hurlé la Marie en protestant les cent dieux que c'était le père Noël qui avait donné tout cela aux enfants et qu'on n'avait pas le droit de le leur reprendre. Le constable avait néanmoins exécuté les ordres, ce qui, d'après le contracteur, lui avait donné un air de tristesse incommensurable. Il avait vainement plaidé auprès de la Marie: ça n'était pas de sa faute, il lui fallait marcher, une plainte formelle avait été déposée...

— T'avais rien qu'à passer drette icitte, maudit écœurant! Mais tu perds rien pour attendre, je t'oublierai pas de sitôt!

Jamais, d'après le patron, un sac de jouets n'avait semblé si lourd aux épaules d'un homme. En fait on eût dit qu'il lui faisait mal jusqu'aux genoux, environ... ce maudit sac de bébelles.

Voilà à peu près tout ce que le contracteur savait, sauf que toutes les femmes, excepté la Marie, avaient coopéré avec le constable. Le patron pouvait donc rassurer Zèbe sur le sort de sa femme. À son avis, on n'inquiéterait personne. D'ailleurs, le marchand avait récupéré presque toute sa marchandise et ça commençait à jaser au village. Certes, tout le monde s'accordait pour réclamer la potence pour Zèbe, mais on trouvait chaque jour plus cruel d'avoir enlevé *leurs* jouets à des pauvres petits qui avaient cru en toute bonne foi à la visite du père Noël. L'opinion en était presque venue à condamner ce geste. Malgré tout, il faudrait que Zèbe paie.

— À la fin de la « run » de bois.

— C'est tout suite que Philémon veut son argent, Zèbe.

— Jamais! À la fin de la « run », Octave!

44

Les conseils et les exhortations d'ailleurs assez timides de l'industriel n'ébranlèrent pas la détermination de Zèbe.

— Qu'i' viennent me charcher icitte. Mais avartis-les ben, Octave! Qu'i' montent en gang, autrement...

Le «jobber» le rassura. Il n'avait pas été question de «monter». Il eût fallu, pour avoir un mandat d'amener, prévenir la police de Rimouski. Au nom de la femme et des enfants de Zèbe, on avait supplié Philémon de ne pas déclencher tout de suite un appareil judiciaire qui a étrangement tendance à faire payer, en temps de détention, les frais extraordinaires d'une poursuite. Philémon avait convenu d'attendre au printemps pour le faire coffrer s'il ne venait pas se constituer prisonnier lui-même. Ainsi la municipalité n'aurait pas à engager des frais extravagants et, pensait-elle, le marchand qui fulminait sans doute plus pour le spectacle que pour des pertes, somme toute bien modestes, aurait le temps de se calmer. La rumeur voulait même que le curé ait déjà «parlé» à Philémon. Il ne pourrait refuser d'écouter son meilleur ami. Alors...

Rassuré de ce côté, Zèbe demanda à son employeur s'il avait l'intention de le congédier. Pas du tout! Il n'était pas scrupuleux au point d'être gêné par la présence de Zèbe chez lui. Et puis, un homme qui a toute sa tête ne congédie pas son meilleur bûcheron pour ce que, à son avis, on devrait considérer comme un bon tour plutôt que comme un vol par effraction.

— Vol par fractions ou pas, Philémon va les avaler de travers, ses maudites bébelles. Pour-

45

quoi qu'i' m'a pas fait dire de l'payer avant de lâcher la police après moé? Pis après mes enfants? I' l'apportera pas en paradis, Octave. C'est moé qui t'le dis!

Négligeant de relever une menace qui ne le concernait pas, le contracteur redit à Zèbe qu'il pouvait rester, qu'il ferait patienter le marchand, son pouvoir d'achat étant assez important pour le tenir en laisse. Mais attention, Zèbe, et c'est ce à quoi le patron voulait en venir, si jamais il dérobait ici, ne serait-ce qu'une allumette... Menaçant, Zèbe lui siffla au nez :

— Me prendrais-tu pour un voleur, toé?! Depus vingt ans que j'travaille pour toé, as-tu jamais eu à t'plaindre de moé?!

Non! Et c'est précisément pourquoi il voulait bien le « protéger ».

— J'aime mieux ça! Parce que si j'fais pas ton affére, t'as rien qu'un mot à dire pour que j'crisse le camp.

Mon Dieu, qu'il était donc « suspect »! Faudrait-il lui demander à genoux de rester?

Puisque tout était en ordre, il ne restait plus qu'à rassurer la Jeanne. Le portageur, qui descendait au village quelques jours plus tard, remit lui-même une lettre à Jeanne. On sait jamais... Le maître de poste, un autre « instruit », par conséquent frais chié, baise-cul des curés, détestant tous les Zèbes dont il envie les muscles, aurait bien pu pousser le scrupule jusqu'à prévenir le maire qui, lui, aurait averti le marchand, puis le constable, et mine de rien on ouvrirait sa lettre avant de la remettre à sa femme. De là à alerter la « vraie » police... Zèbe ne pouvait courir ce risque. Voilà pourquoi la lettre devait être remise en mains propres. Zèbe pouvait dormir tranquille! Sa commission serait faite et dans la discrétion la plus complète. C'était un secret entre hommes et un service entre amis.

Ma fame.

— Octave ma mi au couran. Mais crin rien. Moé je décendré pas pi d'aprè Octave y montron pas non plus. Ça fait que je va buché toute livère pour payé Filamon à la fin de la ronne. De même y me mettrons pas en prison. pis quan je vas l'avoère payé je va redoné les bébeles au ptits. De même y von pouvoère crère encôr au pére Noëlle.

Je tenbrace. Ton mari.

Eusèbe Préjean.

C'était la première fois que Jeanne recevait une lettre de son mari. Confuse, reconnaissante, elle remercia le portageur et lui demanda de rassurer Zèbe. Ce n'était pas drôle de vivre dans la peau d'une femme de voleur, mais elle tiendrait le coup. Son lot n'avait-il pas toujours été de manger de la misère? Y ajouter la honte ne changerait pas grand-chose au fond... Tout ce qu'elle demandait au bon Dieu en priant pour son mari, c'était de lui garder la santé. Elle se débrouillerait bien avec le reste. Quant à Zèbe, si seulement cette leçon pouvait le guérir de son ivrognerie... parce qu'il n'était pas un voleur. C'était un tour de gars en « brosse », l'affaire des cadeaux de Noël, n'est-ce pas? Bien sûr madame Préjean, bien sûr. Tout le monde sait ça.

De son côté, Zèbe n'avait pas encore tiré la bonne leçon d'une aventure qui l'avait tout de même laissé terriblement songeur. Il n'était plus aussi enjoué. Il ne parlait à peu près plus qu'à Uclide et il bûchait comme un enragé, pour calmer la révolte qui, petit à petit, s'installait en lui. L'hiver se passa ainsi sans nouveau heurt et mars arriva avec un soleil un peu trop goguenard au goût de Zèbe qui voyait venir l'échéance avec une certaine appréhension : si cet imbécile de marchand refusait son argent... Ou pis encore, si après l'avoir accepté, il le traduisait quand même en justice. Zèbe en perdait le sommeil à chercher des issues qui le ramenaient toutes au point de départ : il était né pour un petit pain et devait le partager avec une ribambelle de morveux qui mangeaient comme des ours, poussaient comme du chiendent et défonçaient leurs godasses tous les six mois. Ils allaient bien pieds nus l'été, mais un été qui dure trois mois, quatre au mieux, laisse un terrible bail à payer. Non ! Il n'y avait qu'une solution. Faire de l'argent. Beaucoup d'argent ! À ce prix il rachèterait sa dignité et même un peu plus. On ne le traiterait plus comme un lépreux. On le respecterait, non plus seulement à cause de ses poings, mais à cause de sa réussite. Telle était la seule solution. Certes. Mais comment ? Zèbe ne savait pas comment... et Pâques s'en venait...

N'ayant toujours rien trouvé quand on ferma le chantier, Zèbe décida de ne pas rentrer à Saint-Théophile. Il offrit plutôt au patron de garder les camps jusqu'à la drave. Ainsi, il gagnerait encore et retarderait l'échéance. Pouvait-il expliquer cela « en bas » ? Assurément. Engagé comme gardien, Zèbe donna à Uclide de l'argent et des instructions pour sa femme, surtout l'interdiction formelle de rembourser Philémon. C'était à lui et à lui seul qu'il appartenait de régler cette affaire. Les hommes partirent puis revinrent pour le flottage du bois, puis partirent à nouveau, mais Zèbe restait. On pensait, sans le lui dire, bien entendu, qu'il avait la frousse.

Zèbe n'avait peur de rien. De plus il avait trouvé la solution. Mais il avait besoin de temps, car, après avoir calculé la somme nécessaire à l'exécution de son plan, il avait constaté qu'il était encore loin du compte. Il demanda donc au patron de garder les camps durant les vacances. Vraiment touché par un pareil acharnement à travailler, convaincu de son repentir sincère, croyant même à la réforme définitive de l'ivrogne bagarreur, Octave lui accorda le poste sans aucune difficulté. Certes, ça n'était pas très bien payé, mais le gardien était logé, nourri et le travail n'était pas pénible. Il n'y avait qu'à être là jour et nuit, sept jours par semaine et surveiller les propriétés pour que les rares visiteurs ne brisent ni ne prennent rien. Le gardien devait en outre couper le bois de chauffage pour l'hiver suivant, effectuer quelques petites réparations sur les bâtiments qui en avaient besoin et « soigner » les quelques chevaux qui n'avaient pas servi à descendre les denrées périssables au village. Bref, s'occuper pour ne pas mourir d'ennui.

La rage au cœur, Zèbe fit tout cela, se consolant de la privation des siens à la pensée de la revanche qu'il mijotait. Pendant deux autres années il tint bon, regardant son pécule grossir petit à petit. Au village, tout le monde le prenait maintenant en pitié. Le marchand lui-même lui fit dire de revenir, qu'il ne porterait pas plainte, parole d'homme! Philémon insistait parce que tout le monde en était venu à le considérer comme une espèce de bourreau. Ce n'était pas assez d'avoir arraché *leurs* jouets à des innocents, il lui fallait maintenant forcer un brave père de famille à se terrer au fond des bois, loin de tout ce qui lui était cher. Non, vraiment, Philémon exagérait! En tout cas, la vie était bien dure pour certains infortunés...

Mais Zèbe n'était pas tout à fait prêt. Il restait sourd aux exhortations du patron qui lui proposait des vacances, comme à celles d'Uclide qui bûchait toujours avec lui et lui rapportait fidèlement ce qui se passait au village. Sa Jeanne était maintenant respectée, on l'entourait de prévenances partout où elle allait. On assurait même comme la pure vérité que lors d'une scène plutôt orageuse, madame la mairesse avait crié au nez de son mari que ce n'était pas lui qui aurait eu le cœur de voler pour ses enfants. Madame la mairesse n'était pas vraiment au courant des affaires de son mari... Même en classe, les choses allaient mieux, les petits Pouilleux en général avaient de meilleures notes. Quant à la petite Ange-Aimée elle était arrivée en tête de sa classe et avait raflé presque tous les premiers prix. Par ailleurs, sa conduite était devenue tellement admirable qu'on proposait ses vertus en exemple, sa piété surtout! Toutes les bonnes sœurs, émues par les malheurs d'un si brave père, s'attendrissaient devant une enfant si douce, si courageuse, si studieuse. «Décidément, les desseins de la Providence sont de plus en plus insondables (à moins qu'on sache de moins en moins sonder... un métier qui se perd) car en tout état de cause et malgré toute la charité chrétienne dont je sois capable, il faut quand même se rappeler les origines de cette petite. N'est-ce pas? Pauvreté, promiscuité, mauvais exemple... et pas seulement de son père. Deux de ses tantes n'est-ce pas?... Enfin, remercions le Seigneur de choisir ainsi un être si modeste pour en faire un sujet d'élection. » C'est Mère supérieure qui « homélise ». On s'en sera douté...

Pendant que chacun philosophait sur son compte, Zèbe thésaurisait et méditait. Le jour vint enfin où il se trouva assez « argenté » pour sortir du bois. D'autre part, il avait tellement cogité son plan qu'il pouvait le mettre à exécution les yeux fermés. Mais plus que tout, sa longue retraite avait amené Zèbe à comprendre une vérité aussi profonde que simple: il ne sert à rien à un ignorant de s'arracher le cœur pour se sortir du trou. Il arrive tout au plus à obtenir de son patron un peu plus d'estime et un peu plus d'argent que le couillon qui se traîne les pieds à côté de lui. Par-dessus le marché, celui-ci, qui a bien ménagé sa monture, trottera encore en fin de course, tandis que lui, l'idiot qui s'est échiné du matin au soir, ne sera même plus en selle à cinquante ans. Et, bien entendu, il sera toujours aussi pauvre. Non. C'est avec la tête qu'on s'enrichit. Voilà pourquoi Zèbe avait décidé d'une carrière qui lui permettrait de quitter à jamais la forêt et ses tâches de forçat.

Il prévint Octave qu'il ne garderait pas les camps cet été. À la réflexion, il n'était pas sûr de revenir pour les coupes. Puis, il prit le chemin du retour. Chacun pensait qu'il se précipiterait au village dès l'orée de la forêt, mais Zèbe réservait encore des surprises. Il obliqua plutôt vers l'ouest. À croire qu'il «troublait», qu'il avait complètement oublié sa famille. À moins que, craignant la prison, il ait décidé de mettre une province entre lui et le marchand avare dont il redoutait toujours la vindicte. Encore une fois, tout le monde se trompait, même l'Uclide à qui Zèbe ne s'était pas ouvert de ses projets. Le Zèbe avait simplement décidé de se rendre à Rimouski avant de revenir définitivement chez lui... Aussi ratoureux qu'Ulysse, l'Usèbe...

Deux jours plus tard, une voiture jamais vue au village s'arrêtait devant le magasin général et à la stupéfaction de tous les curieux, Zèbe en descendait. Mais, était-ce bien Zèbe, ce monsieur bien rasé, bien vêtu? On n'en douta plus quand il entra chez Philémon et lui intima l'ordre de le suivre dans son bureau. C'était bien là la voix et la prestance de Zèbe. Visiblement impressionné, le commerçant s'excusa auprès de sa cliente aussi éberluée que lui et referma la porte de son petit office. Que pouvait-il faire pour ce bon Zèbe? En premier lieu toutefois, il ne devait pas s'inquiéter, lui, le lésé, ne porterait pas plainte, mieux encore, il ne lui réclamerait même pas le prix des objets volés... pardon... empruntés.

— J'les ai pas emprêtés, dit Zèbe calmement, j'les ai volés. Pis aujourd'hui, j'viens payer... avec l'intérêt s'i' vous plaît.

Protestations du marchand!

Avertissements de Zèbe.

Vraiment?

Aussi vrai qu'il y a au ciel un bon Dieu qui éclaire Zèbe Préjean!

Eh bien! S'il insiste tant. D'accord.

Zèbe aime mieux ça. Les calculs faits, il paie en ajoutant dix dollars pour les intérêts.

Nouvelles protestations du marchand!

Zèbe coupe court: les bons comptes font les bons amis, non?

S'il insiste tant que ça... D'accord.

— Une bonne affaire de réglée, s'exclame Philémon qui, craignant bien plus la rancune de Zèbe que la perte subie, est tout heureux de s'en tirer à si bon compte.

— Pas tout à faitte! tempère Zèbe.

— Ah, non?

— Non! D'abord graphigne-moé un reçu!

— Ah oui! Ousse que j'avais la tête, moi! Tout est en ordre asteure?

— Pas tout à faitte encôre, continue Zèbe.

— Ben là j'comprends pas, Zèbe!

— M'as te fére un dessin, Philémon. J'les ai tu payé mes effets?

— Ben oui!

— Avec l'intérêt?

— Beau dommage!

— Dans ce cas-là, ousse qu'i' sont mes effets, ostie de calisse?

C'est alors qu'on vit la plus belle pagaille à avoir jamais régné dans le magasin général. On était au début de juin et il fallait trouver des toupies, des poupées, des voitures, même quelques vêtements d'hiver. Plus un de ces articles n'était en magasin, la plupart pas davantage en entrepôt et on ne les aurait qu'en novembre, mais, Zèbe voulait *ses* emplettes et tout de suite. Il attendait, imperturbable mais impitoyable. Philémon s'énervait, oubliait ses autres clients, rabrouait son commis, même sa femme, il suait, soufflait, se démenait comme un diable dans l'eau bénite, mais avec des résultats dérisoires. Après deux heures de recherches presque vaines, il en fallut deux autres de propositions, de contre-propositions, de refus, d'offres, de contre-offres, pour en arriver à constituer enfin un sac à la satisfaction de Zèbe. Considérant avoir assez torturé le marchand, Zèbe quitta enfin son établissement et monta dans sa Chevrolet que les badauds examinaient sur toutes les coutures. Il pouvait maintenant rentrer chez lui, où déjà son retour triomphal était commenté par le clan en entier. Tous les Pouilleux avaient envahi sa cour. Ils avaient même commencé à fêter et se promettaient une ribouldingue dont on parlerait encore dans vingt ans... au bas chiffre.

La voiture de Zèbe, un peu usagée il est vrai, mais en excellent état — une voiture de curé, avait affirmé Zèbe — avait eu presque autant de succès que lui, mais lorsqu'il en sortit le sac et refit le père Noël, ce fut le délire chez les jeunes et une hilarité monstre chez les autres. Ce qui toutefois stupéfia le plus la tribu, ce fut le refus catégorique de Zèbe de trinquer à son retour en famille. Il n'avait pas mis les lèvres dans la boisson depuis près de trois ans et c'est comme ça qu'il avait ramassé des sous. D'ailleurs ils n'avaient encore rien vu. Zèbe n'avait pas fait une si longue « retraite fermée » pour rien. Ils ne perdaient rien pour attendre.

Le lendemain, sans avoir mis les pieds à l'hôtel, sans avoir bu un seul verre, Zèbe partait en direction de Matane. Il en revint avec, dans la malle arrière, une douzaine de canistres de miquelon qu'il remisa soigneusement dans la soupente, dans la cave, dans le grenier, partout dans des coins défiant la fouille la plus systématique, parce qu'il avait bricolé des compartiments fermés, des cachettes sous les planchers, entre les murs.

Morte d'inquiétude, Jeanne lui demanda s'il devenait fou, s'il avait vraiment l'intention de se tuer à boire pareille cargaison. Était-ce donc à cela qu'aurait servi trois années d'exil et de privations? Zèbe rassura sa femme: il n'était pas question d'en boire une seule goutte, ce qu'il avait dit à son retour était toujours vrai. Elle comprenait décidément de moins en moins. Patience. Elle y verrait clair le soir même. C'était d'ailleurs le temps de faire prévenir ses frères et sa sœur. Il y aurait à huit heures un conseil de famille et Zèbe comptait sur la présence de chacun, car il avait des choses très importantes à communiquer.

Perplexes, les invités s'amenèrent à l'heure dite. La Marie avait tenu à suivre son homme. Zèbe n'y vit pas d'objection: les belles-sœurs pouvaient coopérer. Et Zèbe parla. Longuement. On l'écouta religieusement, car il parla bien. Il évoqua d'abord la vie de leur père et de l'oncle qui avaient trimé comme des nègres pour abonnir une terre ingrate. En vain. Pour boucler les deux bouts, ils avaient dû, tout comme eux, courir les bois et manger de la vache enragée plus souvent qu'à leur tour. Ils étaient morts pauvres comme les pierres de la Butte et ridiculisés par tout le village en prime. Pour tout héritage ils leur avaient légué de bons bras et un nom : les Pouilleux. À leur tour, ils ont dû, depuis leur quinzième anniversaire, prendre chaque année le « bord du bois », jusqu'à ce qu'Udore se place au moulin et qu'Antime qui prenait de l'âge devienne charpentier, peintre, ramoneur, éboueur, puisatier… Vingt-cinq métiers, vingt-cinq misères. Ils n'ont pas crevé de faim parce que le lopin de terre de Caïn défriché par le père réussit à nourrir quelques vaches, quelques cochons et les poules.

En plus de besogner douze heures par jour à la maison, les femmes doivent bêcher, sarcler, désherber un jardin où les légumes gèlent une année, se couchent sous la grêle celle d'après. Les petits gars doivent courir le bois dès que la barbe leur pointe au menton. Dès leur quatorzième anniversaire, les filles doivent quitter la classe et aller torcher les morveux de riches pour leur nourriture et sept ou huit dollars par mois. Pourtant, ils ne sont pas plus bêtes que les autres. La preuve : Ange-Aimée est en train de remplir la maison avec les prix qu'elle gagne chaque année. Mais dans trois ans, elle aussi devra aller laver les saletés de gens la moitié moins intelligents qu'elle.

— C'est-tu une vie ça ? C'est-tu une vie ? J'vous le demande ?

— Non. Mais qu'est-ce qu'on peut y faire ?

Zèbe sait quoi faire lui. Pendant plus de deux ans il s'est trituré les méninges pour trouver une solution et il a trouvé. Lui Zèbe Préjean a décidé de changer les choses. D'exploité, il sera maintenant exploitant.

— Mais comment?

En travaillant le « faible » des autres. Et croyez-en Zèbe Préjean, tout le monde a un faible. Il y en a pour qui c'est la boisson. Eh bien, on va leur en vendre. Pour d'autres, ce sont les « créatures ».

— Ben Marie... sans vouloir t'offenser, ni toé Udore... au lieu de donner des lunches gratis, fais-les donc payer! Crains pas, ceuzes qui t'ont passé entre les cuisses vont cracher. C'est moé qui te l'dis parce qu'une fois qu'un homme t'a goûtée, y en veut pas d'autres.

Udore est un peu vexé, mais il sait que chacun sait. Nier serait stupide. Après tout on est en famille... Il se contente donc de commenter:

— On sait ben... C'est vrai que t'es bonne botte.

Quant à la Marie, elle a rougi un peu. Elle a failli piquer une colère, claquer la porte. Mais l'hilarité générale l'a gagnée. Elle rit aussi.

— A ben y penser, Zèbe, t'as raison. J'ai les sangs chauds bonyeu! C'est toujous pas de ma faute! Pis Udore m'en donne pas assez. J'sus toujous pas pour le fére mourir, c'pauvre homme-là. Ça fait que j'vas ailleurs. Mais y vont payer à partir d'asteure!

Zèbe approuve. Et surtout qu'elle ne s'inquiète pas. Le fait de vendre ses charmes vont les rendre plus convoités encore. Antime l'aîné, toujours solennel comme un évêque de confirmation, invariablement verbeux, veut la parole. Il attire l'attention, fait un geste ma foi, assez auguste, en tout cas assez efficace pour imposer le silence et se raclant la gorge, parle :

— C'est connu dit-il, ce qui est bon marché est pas cher.

Voilà le genre de sentences que l'Antime laisse tomber. Ses envols oratoires rappellent ces oies domestiques qui, voyant passer leurs sœurs sauvages, s'ébrouent, donnent de la voix, entament une longue course, s'arrachent quelques pieds au sol puis atterrissent en catastrophe. Antime se croit profond, il est creux seulement. Mais, on a l'habitude de ses oracles. Et comme on sait qu'il ne parlera plus pour un long moment, l'Uclide croit bon de rajouter que quelques marchands habiles montent les prix pour certains clients, la surenchère donnant à ces imbéciles une garantie additionnelle de la qualité de la marchandise.

— À partir d'asteure, conclut Marie, y vont cracher épais. Prenez-en ma parole !

Avant d'aborder un autre sujet, le Zèbe regarde sa petite sœur, l'opulente Félicité et lui demande simplement : « T'as compris toé itou ? » Félicité a compris. Désormais on ne lui prendra plus le cul qu'en faisant tinter les écus. On ne lui fera plus de cadeaux. On la paiera selon des tarifs bien établis.

— Il y a des gens, continue Zèbe, qui aiment les cochonneries, la pacotille, les bébelles. On va leur en vendre et, quand on aura acquis leur confiance, on leur glissera en même temps une pinte de miquelon. Après tout, on n'est pas plus bête que les Syriens qui se sont mis riches à « peddler » des guenilles à travers les rangs. L'Udore est beau garçon, avenant. Il va s'occuper de cette spécialité. On fera ainsi d'une pierre deux coups. Pendant qu'il écumera les campagnes avec la voiture que Zèbe va lui fournir, la Marie pourra recevoir en toute quiétude.

Quant à l'Uclide, il aime trop la forêt pour en sortir. Il deviendra donc le fournisseur des hôtels, des marchands, des clients huppés qui n'ont pas le temps de pêcher le saumon ou de chasser le chevreuil et l'orignal. Et dans sa spécialité également, il pourra bientôt manœuvrer pour vendre du *Hand Brand*, pierre d'assise de l'industrie que les Pouilleux vont mettre en place. Zèbe va diriger l'affaire, fournir le matériel et financer les opérations de départ. Tout le monde est-il d'accord? Tous! Sauf Jeanne qui a des objections: qu'est-ce que les gens vont dire? Quand toute la famille sera bien vêtue, paiera comptant partout, tout le monde va fermer sa gueule. Il n'y a rien comme l'argent pour faire taire la malveillance. Mais s'il se fait prendre, c'est la prison! C'est un risque que Zèbe a bien évalué. Après tout, il vient d'en faire près de trois ans, de prison, et en travaillant comme un damné, par-dessus le marché. Il n'en est pas mort. Alors... Serait-ce donc pire de passer six mois en prison de temps en temps à ne rien faire? Et puis, il n'y a qu'un « spotteur » dans le comté et c'est un abruti. C'est un rouge, non? Il faudra qu'il se lève tôt et qu'il court vite avec son bicycle pour mettre la main au collet de Zèbe Préjean. D'ailleurs, il n'osera jamais l'arrêter, il est bien trop froussard pour ça.

Mais la Jeanne a la tête dure et ne cède pas si facilement: l'honneur! A-t-il bien pensé à l'honneur? Zèbe s'impatiente. L'honneur nourrit peut-être son homme, mais chichement. Et Zèbe a décidé d'engraisser. Il veut mourir gros, très gros. Mais enfin, les enfants... ? Il les remercieront quand ils sortiront des collèges bardés de diplômes. Et puis assez discuté! Il faut se brancher. Les Pouilleux ne sont pas commerçants, ni industriels, ni médecins, ni avocats et ils ne le seront jamais. Alors, de deux choses l'une : ils continuent dans l'honneur à crever de faim, ou ils sortent de leur merde et dans le déshonneur, au besoin. Que ceux qui veulent troquer les bottes de drave contre les souliers fins à deux couleurs le disent, parce que demain matin Zèbe lance le bateau et ceux qui le laisseront partir, pourront toujours nager... Tous embarquent. Même la Jeanne.

— Après toutte, maudit, y a toujours des limites à manger d'la misère!

— Là, ma femme, tu viens de parler! Pour la première fois de la soirée.

Voilà une bonne affaire de réglée. L'Uclide tout joyeux propose qu'on trinque à la réussite. Zèbe se fâche noir et assène sur la table un coup de poing énorme. Connaît-il, Uclide Préjean, un seul hôtelier qui ait réussi et qui soit un ivrogne? Non! Pourquoi? Parce que tous les pochards qui ont voulu se lancer en affaires ont bu les profits, puis le commerce. Ceux qui ont réussi, pas si bêtes! Ils font boire les autres et regardent la boisson comme un poison mortel. Voilà ce qu'il faut se mettre dans la tête une fois pour toutes. À partir de maintenant, fini les soûleries! À eux quatre, ils ont payé l'Hôtel Central. Maintenant, ça va changer ou bien Zèbe va couper les vivres et congédier impitoyablement celui qui boira. Donc, Uclide, un dernier conseil :

— Débarrasse-toé pas tout suite de ton sciotte parce que si tu veux pas arrêter de boére, tu vas en avoère besoin, pis pus vite que tu penses.

D'accord ! D'accord ! Euclide a compris. Pas besoin de faire un drame. Il sait qu'un homme averti en vaut deux. En surenchère, Antime ajoute : « C'est connu ! » Bon ! maintenant que tout le monde est d'accord sur le principe, un dernier conseil, le plus important peut-être : en tout premier lieu, il importe de ne pas inonder le village de miquelon. Il faut au préalable établir la clientèle dans les paroisses voisines, afin de ne pas déclencher les réactions en chaîne et, moins que toutes, celles du curé Sasseville, car il ne badinera pas avec des « bootleggers » opérant ouvertement dans sa paroisse. L'idéal serait un intermédiaire du dehors qui sous leur gouverne « ferait » Saint-Théophile. Zèbe se chargera de le trouver. Un homme sobre, responsable et pauvre, un malheureux qui verra dans cette activité le seul moyen de se sortir de la pauvreté.

Un détail pratique maintenant. Demain, Zèbe commandera le téléphone pour chacun des Pouilleux. Quoi !!! Oui, messieurs-dames ! Il faut vivre avec son siècle. Comment brasser des affaires sans téléphone ? Comment prétendre à la respectabilité sans téléphone ? Et les indiscrétions ? Zèbe a prévu un code. Ah, bon !... s'il a pensé à tout... L'essentiel semble avoir été dit. On peut lever la séance. Toutefois, très tard dans la soirée on discutera du programme de Zèbe et de Zèbe... Décidément l'exil a grandi

cet homme. Le malheur lui a permis de trouver
au fond de lui-même des ressources insoupçon-
nées. On hoche la tête, on pince les lèvres d'admiration, on est fier de savoir que le même sang
coule dans ses veines, on se sent magnifié, bo-
nifié, exalté. Zèbe aurait été faire un cours clas-
sique, on n'en serait pas plus orgueilleux, car il
n'aurait pas pu en revenir plus brillant.

C'est ainsi que le Zèbe Préjean commença
d'asseoir les bases d'une entreprise promise
aux plus beaux espoirs. Malheureusement, un
événement imprévisible survint qui devait en-
traver son action, limiter ses possibilités, fissu-
rer son système et peut-être le menacer d'écrou-
lement...

4

Les vacances étaient enfin arrivées. Les enfants, libérés la veille après la distribution des prix, s'en donnaient à cœur joie dans tous les coins et recoins du village. On leur laissait quelque répit avant de les mettre à l'ouvrage et ils en profitaient avec une espèce de rage communicative. À la Butte comme ailleurs, la joie éclatait, ponctuée de cris sonores et de rires en cascades. Ange-Aimée jouait au 50 avec les membres de la tribu dont l'âge s'accommodait de cette distraction. Quelques fillettes du village, qui commençaient à lui faire la cour, étaient également de la partie et s'amusaient avec ardeur à tromper le chercheur.

— 48, 49, 50... prêts pas prêts, j'y vas.

Plutôt de se terrer avec les autres, Ange-Aimée choisit ce moment précis pour tomber à genoux au beau milieu du petit pré. Puis elle fit un grand signe de croix, ses lèvres se mirent à bouger et ses yeux étrangement illuminés commencèrent à fixer droit devant elle, vers le sommet de la Butte. On crut que le mal l'avait terrassé et que, sentant venir la fin, elle faisait son acte de contrition. Mais constatant peu à peu qu'elle ne semblait pas souffrante, ses amis se mirent à la questionner. En vain. Apparemment, elle n'entendait rien. Puis, petit à petit, elle commença à s'animer. Les yeux rivés sur un bouleau bancal qui s'accrochait à une grosse pierre lépreuse, elle sembla parler. On voyait ses lèvres qui remuaient, mais en silence. Les cris, les bourrades, les supplications, rien ne pouvait la tirer de son mutisme. Elle resta ainsi un très long moment, puis, comme si elle avait obéi à une invitation, elle se leva, montra une pierre, sembla interroger, en indiqua une autre et, souriant sans doute à l'acquiescement reçu, vint s'y asseoir. Maintenant tout à fait détendue, elle poursuivait avec ferveur une conversation muette mais animée, ponctuée de gestes, de silences, de sourires, parfois d'un petit rire nerveux. Au bout d'une demi-heure environ, elle sembla tout à coup sortir du monde irréel où elle venait de vivre un moment et demanda tout bonnement où en était la partie. Grande folle! Il n'y avait pas eu de partie, voyons! Quelle idée idiote aussi de leur faire une pareille peur! Qu'est-ce qui lui était arrivé?

Elle se fit prier très longtemps, refusa de parler, prétextant qu'ils ne comprendraient pas, qu'ils riraient d'elle, surtout les grands fous qui alertés par les plus jeunes avaient quitté leurs jeux. On protesta en chœur. Il n'y avait rien de risible: elle avait failli les faire mourir d'inquiétude. Pressée dans ses derniers retranchements, elle prétendit alors ne pouvoir rien dire. C'était interdit, on lui avait ordonné le secret. Son frère aîné qui, l'angoisse maintenant dissipée, commençait à trouver tout cela bien insignifiant, la traita tout bonnement de maudite folle et détala avec son groupe. À nouveau seule avec un auditoire plus réceptif, Ange-Aimée leur fit promettre de ne rien révéler. Puis, juré, craché sous un caillou, croix de fer! croix de bois! leur avoua que quatre anges lui étaient apparus!! On lui pouffa de rire au visage. Elle se mit à pleurer... Elle savait bien qu'on rirait d'elle. Il fallut la consoler, la dorloter. On avait ri, mais seulement parce qu'on croyait qu'elle avait voulu leur jouer un tour... Elle protesta avec véhémence, mit la main sur le cœur et jura sur leur amitié qu'elle n'avait pas menti. Plus conciliantes, mais toujours sceptiques, ses amies lui demandèrent comment étaient ses anges. Les petits frères couraient déjà à pleines jambes annoncer le phénomène à leur mère.

Ses anges étaient beaux... si beaux! Jeunes, enfin... pas vieux, vêtus d'une grande tunique blanche comme l'aube à monsieur le curé, avec des ailes blanches aussi, et longues comme ses deux mains tendues à l'extrême... plus longues que ça encore... qui montaient derrière leur tête quand ils ne volaient pas.

— Parce qu'i' volent!!?
— Ben craire qu'i' volent!
Des hommes ou des filles?
Ça, elle ne saurait vraiment dire.
Comment!
Parce que, vêtu comme les filles, un homme qui n'a pas de barbe et qui est beau comme

le petit Jésus,... bien, ça ressemble un peu beaucoup à une fille, non?

Mais la voix!

Ah oui! La voix... C'est drôle, hein, mais elle ne pourrait dire si c'était une voix d'homme ou de femme...

— Voyons donc!

Mais oui! C'est pas « disable », parce que la voix des anges, on l'entend bien sûr, mais on n'est pas capable de savoir... Ce qu'elle veut dire, c'est que les anges n'ont pas une voix comme du monde. Ça fait qu'elle ne peut pas savoir de quel sexe. Il aurait fallu qu'un des anges ait une voix différente des autres. Alors, elle aurait pu faire la différence.

Piquées au jeu, les fillettes questionnent, encore, et encore. Et les réponses plus ou moins éclairantes, mais toujours envoûtantes sortent en cascade de la bouche d'Ange-Aimée.

— Ça doit être à cause de ton nom?

Peut-être, mais ils ne l'ont pas dit. Comme question de fait, ils ne lui en ont pas parlé. Non. Au début, il y a bien eu la prière, mais après, on a parlé de tout et de rien, du temps, tiens, du jeu de 50 qu'ils ne connaissaient pas. La prochaine fois, ils vont essayer de jouer avec elle.

— Parce qu'il va y avoir une prochaine fois!

— Bien sûr! Ils vont revenir samedi prochain à deux heures.

Très sceptique, Jeanne a renvoyé les enfants. À la deuxième intervention toutefois, elle a cessé de rire. À la troisième, elle décide d'aller voir, au cas... La voyant venir, Ange-Aimée chuchote avec ses amies et fait mine de « jouer à la madame» avec elles. Mais Jeanne veut savoir ce que tout cela signifie. La petite refuse de parler, se renfrogne, boude. La mère supplie un moment, puis menace de lui faire passer ses caprices à genoux dans le coin de la cuisine... et le reste de l'après-midi. Alors, sous les yeux de Jeanne, le miracle se reproduit. L'enfant retombe à genoux, refait le signe de la croix et recommence le même manège avec ses extra-terrestres. Aucun doute possible! La Jeanne s'écrie, serrant la chair de sa chair: «C'est un miracle!» Et jalousement, griffes dehors, elle porte sa miraculée dans sa demeure, où elle la questionne jusqu'à l'arrivée de Zèbe. La mère est tout excitée. Elle bafouille les explications qui viennent trop drues. Calmement, la petite rectifie, précise, commente. Zèbe éclate de rire. Il n'a pas fait son apologétique, le Zèbe, mais il est aussi dur de lui passer un faux sous le nez que de passer le soleil incognito sous le nez de son coq.

Si le rire du Zèbe fut gargantuesque, celui du village fut cyclopéen. Malgré et peut-être surtout à cause des engagements solennels de ne parler à personne de l'apparition, les petites commères avaient couru de toutes leurs forces vider leur sac au beau milieu de leurs cuisines. L'hilarité fut partout telle, on les ridiculisa au point qu'elles regrettèrent toutes amèrement leur naïveté et se promirent bien de faire payer cher à la Pouilleuse la supercherie qui les faisait passer pour idiotes aux yeux de tous.

— Pensez donc, madame Landry...
— J'peux pas crère, mame Côté!
— Puisque j'vous l'dis!
— Vous voulez rire de moé, vous là...

— Parole d'honneur!

— Vous allez toujours pas vous fére enfirouaper à votre âge, madame Sansdouceur!

— Ben non! J'parlais pour parler... mais tout d'un coup...

— Ma chère, tu diras c'que tu voudras, n'empêche que c'est des choses qui arrivent...

— Oui! Mais jamais chez un Pouilleux! L'Bonyeu connaît son monde, Rosalie.

— Quant à ça c'est connu: y a pas de colombes dans les niques de corneilles!

— Vous avez ben raison, mame Beaulieu.

— J'te pense que j'ai raison! Quand une Pouilleuse voira des anges, moé j'serai pape.

— Paraîtrait que monsieur le curé s'rait allé voir...

— Première nouvelle.

— On sait ben que son pére est un « trimpe », mais la p'tite est ben fine.

— C'est pas une raison, Blanche. Tu y penses pas... une Pouilleuse!... J'dis pas si c'était ma p'tite...

— Ou ben la mienne.

— Oui... au « forçaille ».

— Comment ça, au « forçaille »? T'apprendras, Blanche Joncas, que ma Luce vaut ben la « sainte » à Zèbe.

— Ben attendu! Ben attendu! Mais... saistu toé là que tu viens d'la baptiser!

— Comment ça?

— Ben oui, La « sainte »!...

— C'est pourtant vrai!

Les deux commères éclatent de rire. Mais voilà qu'elles viennent de s'imposer un travail additionnel, plaisant à vrai dire, de refaire tout le circuit pour informer chacun que la Ange-Aimée s'appelle désormais la «sainte». Le lendemain, tout le village parlait de la «sainte»: aux magasins généraux où on allait soi-même chercher un fuseau de fil numéro 10 — tout à coup, les enfants étaient devenus trop bêtes pour rapporter le fil exact — histoire de flairer une précision, un détail nouveau. Au bureau de poste, où l'on oublie presque le courrier. Dans les fermes, où on laisse le jardin aux mauvaises herbes pour hucher la voisine et faire la moitié du chemin pour commenter l'événement.

Tous les prétextes sont bons. On va demander à la voisine si elle n'aurait pas par hasard un coupon pour un jumper. On reparle à la vipère qui a calomnié il y a deux ans: la curiosité l'emporte sur la rancœur. On pense enfin rendre une livre de sucre empruntée et apparemment oubliée:

— Mais oui, Julie, i' m'en manquait pour mes confitures l'automne passé.

— Ah oui... Ça me r'vient asteure...

Joséphine, qui a le téléphone, en parle une heure avec Hortense qui l'a itou. À son tour, elle va appeler Flavia qui l'a également et Thérèse qui l'a aussi. Puis chacune va rappeler l'autre, et rappeler encore si en cours de route elle déterre un détail oublié jusque-là. Il va de soi qu'on va l'écrire à toute la parenté qui ne vit plus à Saint-Théophile, même à Cédulie qui est à Lowell depuis trente-huit ans et qui ne connaît les Pouilleux ni d'Ève, ni d'Adam. Quant à Lizette, elle va marcher. Elle a ça dans le sang, la marche. Elle marche pour tout, pour rien, au cas où... Alors vous pensez bien que maintenant qu'elle a quelque chose à marcher... Toutes les maisons de son rang et quelques autres vont recevoir sa visite. On peut se fier à la nouvelliste.

Après un pareil remue-ménage et tant de temps dépensé en échanges, démarches, recherches, il serait à la vérité difficile d'admettre qu'on s'est tant démené pour un simple canular : on n'a pas les moyens de gaspiller, même le temps. On gardera bien un ton mi-badin, misceptique, mais on affirmera néanmoins qu'il n'y a rien d'impossible. Le chauvinisme s'en mêlera, bien sûr. Pourquoi les « vieux » pays seraient-ils seuls à avoir droit aux apparitions ?

— Paraîtrait que Jeanne d'Arc, c'était pas du bois de calvaire... ses parents on veut dire.

— Pis Barnadette Soupiroue asteure ! C'était pauvre ça, mon homme, un peu rare. J'ai lu ça dans un annale.

Les hommes en effet, ne sont pas en reste, même s'ils trouvent que les femmes placotent ben gros pour pas grand-chose. Certains, assez peu nombreux toutefois et sans doute davantage pour faire jaser que par conviction, questionnent même l'existence des anges. Ils admettent à la rigueur les anges gardiens, mais des anges touristes, espèces de pigeons voyageurs du ciel qui viendraient se poser à la montagne à Lavoie. Allons donc ! Sur n'importe quelle montagne, sauf sur celle-là, s'il y a des anges...

— Pourquoi d'abord ?

— M'as te l'dire pourquoi, moé ! Parce que c'te montagne-là, all'a été défrichée à coups de crisses pis de calisses... pis j'te dis rien que les moins pires. Faudrait que le curé l'exercisse pour qu'un ange se rixe à attérir là-d'sus. Pis au pied d'la côte, tu penses-tu que la Marie pis la Félicité font des jeux pour appâter des anges, toé? Si tu m'disais que le yâbe a apparu là, j'te crèrais, mais les anges... jamais!

Il faut convenir que l'endroit se prête mal aux atterrissages, même forcés. D'abord le terrain est terriblement accidenté, puis il se dégage de la Butte un air plein de turbulences. Les hommes sans exception, même les gamins, jurent comme des anges déchus. La Marie et la Félicité forniquent en plein carême et par-dessus le marché font désormais payer le privilège de leurs charmes. Zèbe et compagnie font le commerce du miquelon jour et nuit, semaine et dimanche. Voilà réunis les trois vices les plus aptes à créer dans le ciel des tourbillons capables de faire tomber en vrille n'importe quel ange autopropulsé. Comment, avec de pareilles références, songer sérieusement à la visite des anges. Allons donc, tout cela n'est qu'une histoire, bien montée, il faut l'avouer, par une petite qui est intelligente mais qui a surtout la manie des grandeurs. «Est ben pus vicieuse qu'est folle!»

Pourtant, devant l'ampleur de la campagne de publicité, on hésite à être aussi catégorique que le vieux ronchonneur de Poléon Chassé. Et les commentaires fusent, parfois incrédules, parfois hésitants.

— C'est dans l'faisable...

— Ça c'est vu alieurs.

— On dit pas que c'est vrai, notez ben... mais ça s'pourrait...

— C'est pas possible.

— Pourquoi que ça s'rait pas possible? Le Bonyeu est ben v'nu au monde dans une crèche à vache!

— Oui, mais pas la crèche à Zèbe Préjean, nom du Père!

— Mais c'est pas à Zèbe qu'i' ont apparu, les anges, c'est à sa sainte, blasphème!

— Ouo là! Ouo! À sa sainte, à sa sainte... C'est pas d'main la veille que j'vas i' payer des messes, à la « sainte » à Zèbe! Vous allez vite en afféres en maudit vous autes!

— Parlant d'afféres, Clovis, sais-tu que ça s'rait bon en maudit pour le commerce, une sainte dans la place! Surtout si a s'mettrait à fére des miracles.

Là-dessus, tout le monde tombe d'accord. Si seulement cette histoire abracadabrante était vraie! Le village pourrait tirer des profits énormes d'une pareille opportunité. La bière aidant, ça rêve dans les abreuvoirs. Parce que — c'est sa femme qui lui a dit, qui elle-même le tient de la femme du notaire — dans les vieux pays, il y a des places où les pèlerins se pressent par milliasses et laissent des sous en proportion. Rien de tel pour sortir de la crise. Un loustic va même jusqu'à affirmer que Zèbe trouverait là un débouché idéal pour son miquelon. Tout le monde s'esclaffe au moment même où Zèbe, qui a affaire à un des buveurs, entre dans la cave. Les rires s'éteignent si vite qu'il comprend de quoi on parle. Il tonne:

— Gênez-vous pas pour moé! J'ai l'dos large en masse!

Les protestations s'élèvent, mais pas très haut. On parlait de sa fille alors, ou de ses anges ? Bien, pas spécialement, mais il faut avouer que ça se parle. Pas entre hommes, évidemment. Ce sont bien entendu les bonnes femmes qui leur rebattent les oreilles du matin au soir avec les « apparations » de sa petite. Les hommes sont... comment dire... plus prudents. Comme ça ils ne croient pas que sa fille ait vu des anges ? Personne n'ose dire oui, ni non. Au fond, Zèbe n'y croit pas aux anges. Moins que personne, en fait. Mais de voir dans les yeux de tous ces couillons le mensonge et la peur le met en rogne. N'y aurait-il pas dans ce tas de femelles, un homme, un seul, qui pourrait lui dire dans la face que sa fille est tombée sur le crâne, que son imagination lui joue des tours ? Zèbe lui serrerait la main. Mais non ! Ils sont tous là à suer, à chercher une réponse qui ne le fasse pas sortir de ses gonds. Du coup, Zèbe se met à jouer celui qui croit aux apparitions :

— Vous riez touttes ! Vous pensez touttes que ma fille peut pas voère des anges ! Hen ? Avouez-lé donc, gang d'écœurants ! Pis pourquoi qu'a pourrait pas voère des anges, ma p'tite fille, ostie de calisse !?

Et Zèbe s'enflamme, s'informe s'il n'y aurait pas par hasard dans cette caverne de chieux en culottes un brave capable de venir lui dire dans le nez que sa fille a des lubies.

Comme personne n'ose entrer en lice, Zèbe sort avec celui qu'il était venu chercher et les commentaires reprennent de plus belle. Ils font une belle unanimité : les Pouilleux font tous du chapeau. Après la fille, voilà maintenant que le père a l'audace de prétendre au droit divin de voir des anges sur sa montagne.

— Disons plutôt sur sa butte. Oua... La butte aux anges. On aura tout vu !

Pourtant, juste une supposition, puisqu'on parle pour parler... tout à coup ça serait vrai ?

Allons donc !...

Nous avons bien spécifié en supposant que ça soit vrai. D'accord ?

Bon !

Imaginez ce que ça pourrait représenter pour Saint-Théophile ! La supposition laisse rêveur... Les touristes par centaines... La route qu'il faut paver au tarvia... les hôtels qui se multiplient... les restaurants... la construction d'une grotte immense... puis un sanctuaire... les emplois nouveaux qui laissent de l'argent... qui engendrent des emplois... qui font plus d'argent... pour engendrer plus de...

— Faut pas aller trop vite en afféres, les gars. Faut d'abord s'rassurer que les anges étaient pas des passants. Si i' r'viennent, faudra ben admette.

Aussi, le samedi suivant, il y avait quelques dizaines de curieux à la Butte. Les chefs de famille, toujours prudents, avaient néanmoins suggéré qu'il serait bon d'aller voir pour s'assurer qu'il n'y ait pas de tricherie, pas de magie noire. Avec les Pouilleux on peut s'attendre à tout, n'est-ce pas ? Une trentaine d'enfants, trois ou quatre dévotes inconditionnelles bravèrent les risées et s'amenèrent à la Butte un peu avant deux heures. Ce qu'ils virent confirma en tous points la version de la semaine précédente. Le même scénario se déroula de façon à peu près identique, sauf que les anges restèrent un peu plus longtemps. Le temps de jouer à cache-

cache, expliqua la sainte. D'ailleurs, ils l'avaient vue courir se cacher. Alors...

Alors, le samedi suivant, ils étaient deux cents. Le samedi d'après, trois cents. Un mois après, comme les apparitions continuaient d'être réglées comme un métronome, que la foule grossissait, que les gens venaient maintenant de partout, que les rêves échafaudés dans l'enthousiasme des débuts semblaient à portée de la main, la plupart prétendaient avoir cru dès le premier jour à la sainteté de la petite Préjean. On ne discutait même plus de la faisabilité des apparitions, on n'attendait plus que les miracles qui ne pouvaient manquer de se produire d'un samedi à l'autre. Comme on le désirait, ce premier miracle qui donnerait le départ à une foule de projets mirobolants! Mais il tardait à venir. Pourtant, si les anges avaient attendu une salle comble pour s'exécuter, ils l'avaient maintenant.

Que pensait l'intelligentsia de tout cela? Bien entendu, ils étaient tous sceptiques. Le cirque amusait follement le docteur. Philémon, dont la piété était très superficielle, se contentait de tourner avec le vent. Quant au notaire qui passait pour être un peu à gauche et ne ménageait pas les autres curés de la région ou d'ailleurs, il demanda pour narguer son ami, un soir qu'ils faisaient un bridge, quand il l'espérait ce fameux miracle dont tout le monde parlait et que la plupart souhaitaient pour confirmer la véracité des dires de la sainte? Le curé se contenta de rire et, biaisant, il choisit plutôt d'analyser le pouvoir d'une seule indiscrétion. «Tel le fameux air de la calomnie, cette légende a pris des proportions considérables. Pensez que samedi dernier, des naïfs sont venus de Rimouski. Samedi prochain, peut-être en aurons-nous de Rivière-du-Loup. Non! Il est temps de mettre bon ordre à tout cela. »

Facile à dire, curé! Moins facile à faire. Vous ne pouvez tout de même pas empêcher les gens de venir à Saint-Théophile. Vous ne pouvez pas davantage séquestrer notre « sainte » nationale. Sans doute pas, mais le curé peut néanmoins mettre sévèrement ses gens en garde et prévenir ses confrères d'en faire autant. À eux tous, ils sauront bien endiguer la folie.

— Vous voulez mon opinion?

— Certainement, notaire!

— Eh bien, je crois que vous feriez ainsi la meilleure publicité dont nous avons besoin pour emplir la paroisse chaque fin de semaine!

— Vous croyez vraiment?

— Oui.

Le curé sourit, protesta faiblement, mais demeura un peu songeur. Sans qu'il n'y paraisse, sa « sainte » était-elle en train de lui bâtir un problème auquel il ne saurait trouver de solution?

En tout cas, il modifia sensiblement le contenu de son sermon. Même assez pour que ceux qui voulaient y voir un encouragement puissent à la rigueur solliciter le texte suffisamment pour cela. Un sermon qui devait fustiger les mystificateurs, les imposteurs, se fit beaucoup plus conciliant. Il avait pourtant pensé les secouer comme il faut: « Prenez garde aux faux prophètes. Gardez-vous de ceux qui viennent à vous vêtus d'une peau de brebis mais qui au-dedans sont des loups ravisseurs. L'Évangile est clair.

Et l'Église a toujours été infiniment circonspecte avant d'admettre en preuve tout fait devant étayer une béatification, encore plus une canonisation. Miracles! Sainteté! De grâce, soyons modérés dans nos propos... Usons avec tact d'un vocabulaire qui, mal interprété, tourne en dérision les choses les plus sacrées. Miracles. Sainteté. Ces mots ne devraient être employés qu'avec la plus grande prudence. Pour parler net, les saints ne courent pas les rues. Surtout certaines rues mal famées que chacun connaît. » Voilà qui serait envoyé. Que ceux qui ont des oreilles entendent...

C'est ce qu'il avait eu envie de dire. Mais le notaire avait calmé son ardeur. Il ne voulait tout de même pas se faire le propagandiste de la pagaille qui s'installait à Saint-Théophile. Puis, à la réflexion, malgré sa vaste expérience, il s'était peut-être un peu emporté. Il convenait de rappeler à l'ordre les imbéciles qui couraient au spectacle comme les Romains au cirque. Soit! Mais, ce faisant, il lui fallait en quelque sorte ridiculiser la « sainte » et ses fantasmes. Peut-être le méritait-elle. Mais alors, sa famille, aussi Pouilleuse fût-elle, le méritait-elle? Et enfin, pour suivre, sans être crédule bien entendu, le raisonnement jusqu'au bout, la petite le méritait-elle? Eh oui! Malgré tout le scepticisme séant, toute la modération possible, il n'était tout de même pas interdit à une humble petite fille, née de parents miséreux, d'un père un peu scandaleux, d'être une créature d'élite. Peut-être Dieu en avait-il justement décidé ainsi...

Ce damné notaire, avec ses quelques phrases lapidaires, avait réussi à semer un peu le doute dans l'esprit de son pasteur. Pas assez pour le faire croire à cette vaste loufoquerie, mais assez pour lui faire adopter une attitude plus modérée. Le sermon fut en conséquence moins virulent, plus charitable. En résumé, il n'éliminait pas catégoriquement la possibilité d'un tel événement: les desseins de la Providence sont insondables. Il convenait toutefois d'en douter très sérieusement. Il fallait rappeler l'infinie lenteur de l'Église à reconnaître officiellement les cas de ce genre. En conséquence, la population devait laisser la petite et sa famille tranquilles. Il fallait laisser à la Providence le soin de confirmer ou d'infirmer l'authenticité des présumées apparitions, prier pour l'enfant et se contenter d'invoquer les très nombreux saints officiels. Surtout le faire à l'église plutôt qu'aux quatre vents.

Le discours était tellement pondéré que le Zèbe qui devait maintenant aller à l'église comme tous les commerçants qui tiennent à leur respectabilité, souhaita de tout son cœur que chacun comprenne enfin et les laisse en paix sa petite fille et lui. Toutefois, malgré sa retenue, peut-être à cause de sa retenue, le sermon ne réussit qu'à mousser l'affaire. En somme, l'avis général fut que monsieur le curé avait parlé de l'affaire, parce qu'il n'avait pu faire autrement, sans doute un ordre de l'évêque, mais qu'étant convaincu de la sainteté de la petite Pouilleuse... pardon! de la petite Préjean, il avait à dessein interdit trop mollement de lui continuer ses dévotions.

Ainsi, un trop grand souci de charité avait fait dévier l'intervention de son but. Au moins, le curé pouvait-il se consoler à la pensée que s'il avait tonné l'anathème, il n'aurait pas davantage découragé la curiosité de ses fidèles, pas plus que leur soif du merveilleux et qu'il aurait par surcroît, et gratuitement, blessé profondément une innocente et ulcéré toute une famille peut-être peu exemplaire, mais tout de même chrétienne. À tout prendre, le bilan était positif...

5

...Sauf pour Zèbe dont le commerce souffrait de plus en plus de la popularité de sa fille.
Oh! elle ne faisait intentionnellement rien pour
gêner ses activités, mais les clients trouvaient de
plus en plus incongru que le père d'une sainte
se livre à un pareil trafic. Leurs femmes les surveillaient étroitement, fustigeaient, menaçaient.
Les livreurs devenaient de plus en plus hésitants, de sorte que les affaires baissaient progressivement. Zèbe s'inquiétait et craignait de
plus en plus qu'une affaire si bien montée et qui
avait pris un si beau départ ne s'effondre tout à
fait, s'il ne trouvait pas bientôt un moyen de
neutraliser sa sainte, au moins de faire dégager
la Butte à la bande de curieux qui reluquaient
sans cesse dans ses fenêtres. Mais dût-il y par-
venir, réussirait-il pour autant à rétablir dans
sa filière, le climat de confiance indispensable à
la réussite? Zèbe s'efforçait d'en douter seulement, pour ne pas être forcé d'admettre que,
tant que l'action démoralisante de la sainte con-

tinuerait, ses plus beaux espoirs seraient compromis.

Comme il n'arrivait toujours pas à trouver le moyen de s'en sortir, il dérogea tout doucement à la loi qu'il s'était imposée en se lançant en affaires: il se remit à boire. Malgré la réticence, puis les objurgations de ses frères, il avait « saigné » une canistre, puis une seconde et il sirotait maintenant sept ou huit ponces par jour. Pas assez pour saouler un Pouilleux; juste ce qu'il fallait pour trouver la vie un peu moins bête. Il buvait donc, mais sagement, comme les gros messieurs dont il était maintenant et à qui l'importance, les responsabilités, le prestige interdisent les soûleries. C'était dommage, lui qui avait été parfaitement sobre et tellement lucide depuis si longtemps... Mais il fallait le pardonner; à tout le moins, le comprendre.

La vie chez lui était devenue un enfer. Il savait bien que pour rendre la sainte heureuse et la maisonnée avec elle, il lui aurait fallu tout liquider. Or il n'avait pas encore assez d'argent pour se mettre à la retraite. Il lui fallait donc continuer, ou les replonger tous dans la misère, car si jamais il retombait, il pourrait toujours courir. De la façon dont il avait vécu depuis deux ans, on ne lui ferait pas de cadeau. L'obséquiosité qu'on lui avait témoignée à cause de son nouveau statut se muerait en un mépris solide. Recommencer à courir les chantiers? Il n'avait plus la forme, il avait goûté à une certaine aisance qui l'avait un peu empâté, qui lui avait fait le souffle plus court et la jambe plus molle. Non, vraiment, rééduquer ses muscles lui paraissait maintenant impossible. Faire autre chose ? Il aurait bien voulu, mais quoi ? Sachant à peine lire, Saint-Théophile ayant par ailleurs bien assez de commerçants, pourrait-il, lui un Pouilleux, exercer un commerce honnête ? Allons !... Il connaissait trop les gens pour s'illusionner à ce point. Non, c'était sans issue.

Il avait beau retourner le problème dans tous les sens, il ne trouvait rien et cet échec le faisait se refermer de plus en plus sur lui-même. Il restait de moins en moins à la maison, n'y venait que pour l'essentiel, de sorte que c'est la sainte qui prenait tous les messages, la Jeanne ayant toujours les mains enfarinées, ou graissées ou mouillées. D'ailleurs cette nouveauté était venue trop tard dans sa vie. Elle l'intimidait au point de lui faire perdre tous ses moyens. Les rares fois où elle avait dû répondre, elle avait bafouillé, s'était énervée et avait transmis les commandes de travers. Zèbe avait dû lui interdire de s'en occuper. De sorte que, malgré elle et malgré lui, la sainte était devenue la responsable aux « communications ». Ce rôle ne l'enchantait guère et même si elle ne faisait jamais de commentaires, sa seule façon de le regarder en lui remettant les messages qu'elle notait soigneusement, faisait sentir à Zèbe toute la réprobation qu'elle éprouvait. Pourquoi ne voulait-elle pas comprendre que c'était pour leur bien à tous et particulièrement pour le sien qu'il avait décidé de s'arracher à la pauvreté. Elle refusait de l'admettre, elle refusait même d'en parler, de sorte que le silence s'installait dans une maison où malgré l'amour qu'il portait à ses enfants, Zèbe se sentait devenir étranger.

Aussi la fuyait-il de plus en plus. Il venait y dormir, toujours tard; il venait y manger toujours en retard. Puis il repartait sans préciser sa destination, sauf quand il devait s'absenter plus d'un jour. Alors seulement, la famille pouvait respirer à son aise. Autrement, elle étouffait, car il n'y a rien de plus asphyxiant pour des enfants qu'un père muré dans le mutisme, se débarrassant d'un repas qu'il n'a pas le temps de goûter et ruminant son dépit les yeux perdus dans le vide.

Parfois chez ses frères, Zèbe piquait des colères terribles. Qu'avait-on à lui reprocher après tout? Tout le monde n'était-il pas d'accord au départ? On était moins scrupuleux, il n'y a pas si longtemps. On jouait moins à la dame de Sainte-Anne offusquée. Eh oui! les belles-sœurs! Qui pincent le bec, retroussent le nez pour lui dire sans le dire qu'il n'est pas digne d'avoir une enfant comme Ange-Aimée. Qu'il devrait aller plus souvent à l'église remercier Dieu de lui avoir donné une sainte. Mais sait-on seulement ce que c'est une sainte qu'on doit endurer vingt-quatre heures par jour? Sa maison est devenue un cloître. Sa femme époussette le crucifix et la statue de la bonne Sainte-Anne dix fois par jour. Les petits gars sont devenus constipés à faire pitié!! C'était des enfants en santé, avant. Ils jouaient, ils s'amusaient, ils riaient, ils se battaient. Mais oui! Ils doivent apprendre à se faire respecter. Comme les chatons qui font leurs griffes entre eux avant de s'attaquer au matou. Tiens, ils juraient que c'était une vraie beauté, ces enfants-là! Ils ont appris cela bien avant leur catéchisme. C'est connu, n'est-ce pas

Antime? Mais voilà qu'ils demandent pardon à la sainte quand par malheur ils laissent tomber un pauvre petit «calice» à terre.

«Ç'a tu d'l'allure ça? Ç'a tu d'l'allure?» Évidemment, si Antime savait, il pourrait dire à Zèbe qu'une sainte triste est une triste sainte, c'est connu! Non, avec la chance qui a toujours collé au train des Pouilleux, ça serait trop demander au bon Dieu d'avoir une enfant imprégnée d'une douce odeur de sainteté, mais en même temps joyeuse, sereine, conciliante, tolérante, qui coopérerait de bon gré aux succès de son père, tout en étant indulgente pour ses frères qui, c'est bien naturel, laissent parfois échapper des choses qui font s'enfuir ses anges à tire-d'aile.

La vérité est tout autre: plus Ange-Aimée devient intime avec ses chérubins, à moins que ce soient des séraphins — la petite n'est pas encore assez calée pour le savoir — plus elle devient intransigeante, autoritaire, despotique même. Forte de la protection de sa mère, elle distribue des punitions qui ressemblent à s'y méprendre aux pénitences sacramentelles. Quand on se rebiffe, quand on lui fait manger ce qui ne se mange pas encore dans l'état actuel de la technologie agro-alimentaire, elle court se réfugier dans le giron de la bonne Jeanne qui gronde les polissons. Bref, tout le monde sauf la brave mère poule qui couve tendrement son poussin prédestiné, se met de plus en plus à exécrer l'illuminée qui, lentement mais sûrement, empoisonne l'existence d'une famille unie jusque-là comme les doigts de la main.

Et ce n'est pas tout! S'il n'y avait que la famille, on s'arrangerait toujours, mais il y a les curieux qui n'arrêtent pas d'écornifler. Ils arrivent comme ça, sans prévenir, comme un coup de vent fou. Ils veulent voir. Quoi? Mais tout! D'abord ils font le tour de la maison, lentement, scrutant, reniflant, détaillant, enregistrant: le bois de chauffage pensez! c'est avec ça qu'elle se chauffe! les poubelles qui débordent, les chats... lequel est à la petite sainte? Comme si une sainte qui placote de grands après-midi avec les anges s'intéressait, pouvait s'intéresser!, à un chat, même angora! Puis ils recommencent comme s'ils voulaient détacher les bardeaux un à un et se les reclouer dans la mémoire. Pendant la procession, tout bas, benoîtement, ils se déposent presque les commentaires dans l'oreille. Enfin, un audacieux cogne. On aimerait entrer... si on ne dérange pas trop... Mais voyons donc! Vous n'êtes qu'une douzaine après tout et la cuisine est grande comme la main! Pourquoi se gêner? On se découvre. On joint presque les mains, on entre avec une attention émouvante à se faire petit. On roule des épaules, on se contorsionne du croupion, on se tasse, on se foule, on se compacte le plus près possible de la porte, comme les retardataires à la grand-messe. Un peu plus, on ferait la génuflexion ou le signe de la croix.

« Êtes-vous venus pour une canisse de chien ou bedon pour la sainte?» C'est ce que Zèbe aurait envie de leur demander à ces abrutis qui, une fois dans la place, figent comme de la mélasse sur un banc de neige. Mais... il faut ce qu'il faut. Après les inévitables insipidités sur la

«température», après les compliments insigni-
fiants sur la belle famille à qui on trouve un air
de santé «effrayant», chez qui on voit même des
signes infaillibles d'une intelligence «dépareil-
lée», on se déconstipe un tout petit peu. Assez pour trouver «ben smatte» cet innocent
qui se marche sur les pieds et à qui on n'arrive
pas à faire sortir le majeur du nez. Même si la
moindre caresse «étrangère» provoque des hurlements de porc saigné à cet autre enfoiré qui
veut à tout prix se blottir dans le pantalon de sa
mère, on le trouve débrouillard pour son âge:
«I' va fére son chemin, celui-là!» Même si on
ne peut tirer un son de ce pithécanthrope qui
doit bien avoir ses dix «faittes asteure», on ne
désarme pas. «I' va s'débourrer, craignez rien!»
   On ne prend jamais trop de précautions,
n'est-ce pas? Maintenant, on peut, peut-être,
attaquer la pièce maîtresse. On se racle la gorge,
on tourne la casquette aussi souvent dans ses
mains empotées que la langue dans sa bouche
empâtée, et on risque:
   — La p'tite... (...des points de suspension
qui en tombent engourdis à force de garder la
pause...)
   — Oui?
   — La p'tite, là... vous savez... la p'tite
sainte, là... ben... est-tu dans la talle?
   Beau dommage qu'elle y est! Ça devrait se
voir. C'est la seule qui ne perd pas contenance
devant les «purs» étrangers et qui trouve tout
naturel que des gens de Sainte-Reculée-par-le-
Tonnerre viennent ainsi lui payer tribut. Elle
sort du rang à la fois sûre d'elle et précieuse
comme un ostensoir de procession, et tourne sur

elle-même comme à l'essayage. Contemplez, humbles mortels, une fleur de sainteté. Justement, on contemple, on s'extasie, on touche parfois du bout léger d'un doigt qu'on retire vite cette relique vivante.

— A parle-tu?

Si à onze ans elle ne parle pas!

— Non... Non... Prenez pas offense, là! On voulait dire: a parle-tu *au monde*?!

Qu'on se rassure, elle parle aux anges, c'est sa spécialité, mais aussi à n'importe quel bouseux. Pas fière pour deux sous. Puis elle n'a pas encore embrassé le cloître, vous savez. Elle parle. Que si qu'elle parle! Assez pour mettre bientôt tout le monde, non pas à l'aise — on se meut toujours gauchement dans le merveilleux — mais assez décontracté pour accepter la tasse de thé que la bonne Jeanne se croit obligée de pousser dans les mains de chacun. À moins que ce soit un bonbon dans la bouche hermétique d'un môme figé dans une terreur de néophyte dans sa première catacombe.

— J'comprends ben qu'a peut pas leu' passer une tasse de miquelon pis collecter après, mais a pourrait toujours leu vendre des médailles, la Jeanne. Mais penses-tu! Pas d'saint maudit danger... A leu' fait boére mon profit!

Et pendant que Zèbe se désole, la sainte raconte les dernières histoires de son ange préféré. Tiens, justement, elle cesse de parler, réclame le silence de la main — on reste la bouche décrochée dans l'attente d'un événement —, elle penche la tête, écoute, puis ricane un bon coup:

— I' vient de me dire de pas oublier de vous dire qu'i' veut fére du tape-cul avec moé cet hiver.

— Oh! C'est-tu assez « cute »!

Obligeante, la sainte raconte maintenant comment elle a joué au tourniquet près du bocage. Elle a failli attraper un des anges en pleine gueule avec le bout du manche à balai. Et j'en mets, et j'en ajoute, et j'entasse et j'en redépose et patati et patata. L'auditoire est subjugué, aphone, paralysé. Quelle chance inouïe d'avoir pu converser ainsi avec une enfant élue entre toutes, partenaire de jeux d'une demi-douzaines d'anges qui s'ennuyaient « manquablement » un peu au sixième ciel.

Mais ça n'est pas fini: on veut, maintenant qu'on est dégelé et mis en confiance, voir le petit lit de la sainte, son petit missel, son petit chapelet. On s'enhardit parfois au point de lui réclamer un souvenir — on n'ose pas demander une relique — mais un objet ayant été à son usage et que l'on conserve religieusement, un jouet peut-être, voire une galoche... n'importe quoi, un rien, un cheveu. On s'arrache enfin à la contemplation pour quitter le sanctuaire, assuré que la faveur qu'on a demandée tout bas pendant la visite ne peut pas ne pas être accordée.

— Ça c'est encore rien, se lamente Zèbe. Ça peut se toffer, mais le samedi!

C'est en effet toujours le samedi que la sainte donne la grande représentation. Elle est bien trop disciplinée pour perturber les classes en semaine. C'est le samedi à deux heures précises, beau temps mauvais temps, qu'elle prend le thé avec ses anges. Madame est servie! Et c'est parti... Depuis des heures, la foule s'est amenée au point de congestionner la rue de la Butte jusqu'à l'étouffement. Plus moyen de circuler. Le Zèbe lui-même doit stationner ailleurs, autrement il ne pourrait jamais sortir de là. C'est le cirque. Il en vient de partout. Ils arrivent le matin de l'ouest avec l'Océan Limitée, de l'est sur le Local, de près à pied, de plus loin en voiture, quelques-uns en automobile. En voilà un qui porte une chaise pliante. Et cet autre qui a pris le petit banc dont on se sert pour traire les vaches, et celui-là un petit quart de clous et un autre une boîte de beurre et même un seau renversé avec un vieux coussin.

Quand la sainte s'amène enfin, même les paralytiques marchent et tout le monde se lève, se presse, se bouscule pour la voir de plus près. Pâle — sans doute le trac — les yeux fixés sur le haut de la butte, les mains jointes et gantées de blanc, robe blanche également sous un chapeau bleu ciel, la sainte gravit lentement la colline, sous les commentaires chuchotés respectueusement:

— Est-tu assez belle?

— C'est pas toé que les anges joueraient avec, maudite haguissable!

— C'est ben simpe, si j'me r'tiendrais pas à deux mains, moé, j'braillerais comme un veau!

...Mais faites donc, chère amie! Nous avons tout notre temps.

— Non mais est-tu assez croquabe, c't'enfant-là!

Allons, allons vilaine lesbienne! Un peu de retenue!

— J'voudrais donc être la mére d'un enfant d'même, moé!

— A pas l'air à fatiguer pantoute!

— C'est la grâce, madame.

Mais... mais, ne serait-ce pas là notre bonne mère du Précieux-Sang?

Précisément! Et la bonne sœur savoure sa petite heure de gloire. Le temps de préciser à tout oreille à portée de décibels normaux qu'elle a en effet enseigné à la chère petite Ange-Aimée. Un nom prédestiné, n'est-ce pas? Elle a d'ailleurs deviné tout de suite que cet enfant était d'une classe à part, un être d'élite, madame... D'une intelligence hors du commun; d'une curiosité intellectuelle insatiable, surtout en catéchisme et en histoire sainte; d'une piété exemplaire, cela va de soi; et d'une humilité accomplie, madame! À faire venir les larmes aux yeux, madame! Pourquoi se priver, pour ce que ça coûte... Bon, n'exagérons pas tout de même, parce que le spectacle va bientôt commencer. Il convient d'avoir l'œil clair, l'oreille bien acuitée.

La sainte s'est assise sur son caillou habituel, face au bouquet de trembles qui s'accrochent avec un petit cèdre et le bouleau bancal à une grosse pierre qui sort de la butte comme le dos d'une baleine godillant en surface. Tiens, elle sort un yoyo. (Pas la baleine, abruti!)

— Est-tu assez naturelle?

— Ah c'est ben simple, moé, si j'me r'tiendrais pas à deux mains, j'braillerais...

...Comme un veau. Oui, madame! Et le suspense dure, cinq minutes, dix minutes, quinze minutes découpées en secondes par le va-et-vient régulier du yoyo qui oscille entre le sol et la petite main gantée.

— Est-tu assez bonne, à part de ça !

— A manque jamais son coup.

— Ah c'est ben simple, moé...

Vous vous répétez, madame. Vous vous répétez et ça devient agaçant. Ne soyez pas si sévère. Il faut l'excuser, cette poufiasse. Pensez donc, il y a des gens qu'un rien fait lacrimer. Alors le merveilleux...

Mais... silence dans les rangs ! Garde... à vous ! Pourquoi ? Mais vous ne voyez donc pas, triple butor, que la petite entre en transe ? Ah bon ! La sainte vient en effet d'arrêter le mouvement du yoyo. Les yeux exorbités, le cou tendu, elle regarde intensément le bouquet d'arbres, puis lentement, progressivement elle se détend. Elle sourit, se met à glousser en se cachant le visage de ses menottes, puis elle penche la tête comme si elle tendait l'oreille — il doit y avoir des parasites sur la ligne — et se met à parler.

— Qu'ossé qu'a dit ?

— Comment que tu veux qu'je le save ? A parle-tu bas c'te affére. Des anges, ç'a l'oreille ben pus fine que nus autes !

La conversation céleste se poursuit néanmoins, ponctuée de rires, de mimes, de poses. Tout à coup la sainte se tait, son visage se durcit, puis doucement elle se met à pleurer. Les mouchoirs dans les rangs sortent comme au départ d'un transocéanique.

— Quosse qu'i' ont faitte eux autes ?

— Tais-toé donc, grand bêta !

— Mais i' ont pas d'affére à fére chialer notre sainte, sa mére !

92

— J'sais ben, mais agrafe-toé pareil!

— Écoute, la mére, si on peut pus respirer asteure, la prochaine fois t'attelleras tu seule!

La dame va répliquer, mais la petite se lève, s'essuie les yeux et, toute triste, commence à redescendre la côte. Un colosse, debout aux premiers rangs, ose crier ce qui se bouscule sur les lèvres de chacun:

— Qu'ossé qu'i' vous ont dit?

La sainte s'arrête, se retourne, regarde en direction de la voix et déclare:

— I' font dire que la Sainte Vierge fait dire de prier ben fort pour les ivrognes!

Pensant à Zèbe, certains ont peine à retenir leurs rires. D'autres voient là un message très clair. Certains vont jusqu'à interpréter la requête comme une menace à peine voilée. Gare aux «robineux», de terribles malheurs les guettent. Zèbe est furieux.

— Un peu plusse a m'nommait, ciboére! Un peu plusse a d'mandait des prières pour moé, son pére! Non c'est ben simple, moé, si ça continue d'même m'a la dynamiter, la butte. On va ben voère si i' crisseront pas l'camp avec la «ratelle» allumée au cul, les anges de câlisse!

Ses frères, même ses belles-sœurs, ne peuvent s'empêcher de rire, ce qui regaillardit un peu le Zèbe qui tient alors à leur raconter la dernière. Imaginez-vous que la semaine passée, la sainte est revenue à la maison le cœur en joie. Son ange préféré lui a fait un numéro spécial de haute voltige.

— Pensez donc, affirmait la petite, il a même volé «de» reculons.

— Nous v'là avec des oiseaux-mouches géants dans l'boutte, asteure! Y nous manquait pus rien qu'ça! hurle le Zèbe.

Vraiment, ça ne peut plus durer ainsi. Zèbe ose à peine rentrer chez lui. Il a peur de se laisser emporter par la colère et de faire un malheur. Un accident est si vite arrivé. Et comme il ne connaît pas sa force... Le pire, c'est qu'il se sent comme un mouton avec son carcan au cou, incapable de sauter à pieds joints dans la fortune qui est là, à sa portée et qui va se lasser s'il ne la saisit pas. Et samedi prochain, qu'est-ce qu'elle lui réserve, sa « craquée »? Où s'arrêtera-t-elle en si bon chemin? Encore un coup comme celui-là et elle va le mettre sur la paille, car, vous pensez bien, les bonnes femmes des receleurs, des vendeurs, des consommateurs qui étaient déjà parties en guerre, vont maintenant revêtir l'armure des croisés. Elle est en train de tout foutre par terre, la sainte. Ah si seulement elle n'était pas sa fille, il lui ferait vite passer l'envie de jouer avec les anges, la sainte qui, telle une taupe, creuse les galeries qui vont lézarder l'édifice et le faire crouler s'il ne colmate pas vite les fissures. Mais comment? Il a beau se démener, voir ses troupes, les houspiller, il voit bien que tout lui fuit comme l'eau entre les doigts. Il a beau expliquer à ses hommes qu'il n'y a qu'une seule façon de voir les choses: se mêler de leurs affaires et laisser les curés aux leurs, il constate bien qu'un vent de panique commence à souffler. C'est qu'ils « prêchent la boisson un peu rare », les curés!

— I' nous font de l'annonce, hurle le Zèbe excédé, lâchez pas! I' vont s'écœurer ben avant les ivrognes! Tout le monde, sauf lui, en doute. Le mouvement semble irréversible.

À un point tel que Zèbe doit se montrer imprudent. Lui qui ne s'était jamais promené avec du «matériel», en trimbale maintenant partout. Il fait lui-même les livraisons, les contacts, la collection, pour maintenir à flot une barque qui fait eau de toutes parts. Il commet des imprudences terribles; il accumule les témoins à charge; se rend de plus en plus vulnérable; baisse sa garde de façon absolument irréfléchie, lui autrefois tellement circonspect. Ce qui est plus grave encore: plus la situation se corse, plus il boit. Au point d'amenuiser considérablement ses réflexes autrefois ultrarapides.

Et plus il s'enfonce, plus la sainte se désespère. Ses prières les plus ardentes semblent tomber dans l'oreille de sourds. Ses anges ne veulent-ils ou ne peuvent-ils pas lui dire quoi faire? Pourtant il faudra bien qu'elle fasse quelque chose. Elle ne peut tout de même pas laisser son papa se damner et damner la moitié du comté avec lui, elle n'en a pas le droit! Petit à petit, le temps passe, et avec lui, peut-être en réponse à ses exhortations, un plan se précise dans sa petite tête.

6

Dans celle de Zèbe, au contraire, tout s'embrouillait. Tous les plans échafaudés s'écroulaient d'eux-mêmes, ne résistant jamais à une analyse sérieuse. Pour la première fois de sa vie, Zèbe Préjean commençait à perdre pied. Ce qui devait arriver arriva : il se saoula comme un cochon et du coup ses vieilles habitudes remontèrent à la surface. Il écœura littéralement tout le monde qu'il croisa, comme s'il avait voulu rattraper le temps perdu, comme si les bonnes bagarres d'autrefois lui avaient soudain manqué au point de provoquer quelqu'un jusqu'à le forcer à se défendre. Il harassa tellement les clients de l'hôtel Central que le patron dut s'en mêler. Il n'avait pas le choix. C'était se débarrasser de cet ivrogne hargneux ou voir fuir toute sa clientèle. Il intima à Zèbe l'ordre de descendre à la cave ou de quitter son établissement. Insulté, Zèbe choisit de partir mais avant d'aller cuver sa rancœur à l'hôtel Bienvenue, il jura qu'Antoine Bilodeau ne l'emporterait pas en paradis.

L'affront ne passant toujours pas, il revint au Central et laissa parler son cœur comme les Romains: sur la place publique. Un hôtelier étant un homme public doit s'attendre à ce genre d'analyse de sa gestion. Gesticulant, exécutant des entrechats spectaculaires, Zèbe hurlait son ressentiment à pleins poumons. On ne met pas impunément un client de sa classe dehors. En premier lieu, comme Zèbe est toujours correct avec les gens, même quand ils ne le méritent pas, il a laissé tomber la veste et invité l'hôtelier à venir s'expliquer d'homme à homme. À condition bien entendu qu'il fût un homme, pas un gros lard dont la réputation était largement surfaite.

Puisque rien ne bouge dans le bouge, Zèbe entreprend le procès du tenancier. Il lui reproche notamment son ingratitude à l'endroit d'un client irréprochable. Puis il décrit ce client exemplaire: un homme valeureux qui s'est toujours fait un devoir, au temps où il courait les bois, de lui laisser joyeusement le meilleur de ses gains. Un homme qui, tous les samedis saints, s'est toujours empressé de venir fêter chez lui la fin du carême et la grande fête pascale. Donc un catholique irréprochable. Un homme qui n'a jamais hésité à priver sa famille, pour assurer la réussite d'Antoine Bilodeau. Voilà ce qui devrait commander un peu de considération. Mais précise-t-il, tout le monde connaît le mépris que les tenanciers de bordels à bras portent aux pauvres bougres qui n'ont pas d'instruction.

Seulement, attention! Zèbe n'est pas instruit, mais personne ne lui dira au visage qu'il n'est pas un cerveau! Sa réussite ne nécessite aucun commentaire. Voilà pourquoi — c'est d'une logique aussi imprenable que la ligne Maginot — on devrait lui témoigner un peu plus de respect. Lui donner le droit de boire tout son saoul avec les « spôtes », dans le salon de l'hôtel, plutôt que de le reléguer à la cave avec les rats et les « robineux » de la place. Car enfin, son argent ne vaut-il pas celui du notaire, du gros docteur ou du « jobbeur » pour lequel il s'est précisément arraché le cœur pendant des années, à trimer comme un esclave d'une étoile à l'autre, à dormir sur une paille grouillante de poux, à manger une ratatouille dont les rats eux-mêmes ne voulaient pas? Son argent, lui Zèbe Préjean dit le Pouilleux, — mais y a-t-il un homme qui se promène sur deux jambes dans ce village d'attardés, qui n'ait jamais eu le courage de l'appeler par son « sousbriquet » face à face? — son argent il l'a gagné, lui! Il ne l'a pas volé comme tous ces beaux messieurs qui, bien calés dans les fauteuils de cuir, boivent dans des verres bien propres, pas à même la bouteille. On leur donne du monsieur le notaire, monsieur le docteur — i' chisent comme tout l'monde, non? — parce qu'il ont eu la chance d'avoir un père qui est venu au monde avant eux. Et cet autre gras-double qui a eu le cœur d'arracher leurs jouets à de pauvres petits innocents! Zèbe a été trop bon. Il aurait dû faire de la viande à chien avec lui. Mais les bonnes nouvelles ne se gâtent pas et il n'a qu'à bien se tenir, le Philémon, il ne perd rien pour attendre.

Car Zèbe Préjean n'a qu'une parole. Pas besoin d'être né dans un château pour avoir de l'honneur. Pas besoin de descendre d'un roi pour se tenir debout. Zèbe ne descend de personne et il en est fier. Son ancêtre c'est lui. C'est lui qui a changé l'ordre des choses, qui a transformé les Pouilleux en une famille éminemment respectable et respectée! C'est Dieu lui-même — qui, en passant, est son seul maître — qui a voulu leur montrer à ces arriérés qu'il leur préfère Zèbe Préjean, en lui donnant une miraculée.

Y a-t-il un seul de ces gros lards qui ait jamais été capable de faire un enfant digne d'être visité par les anges? Y a-t-il jamais eu une seule apparition dans ces familles de voleurs? Peut-être, mais seulement quand le grand Octave vire des «brosses» d'un mois au terme desquelles il voit des araignées géantes et des rats d'une tonne dans ses délires. C'est le seul genre d'apparition dont ces familles de «mange-canayens» sont honorées.

Non, c'est Zèbe Préjean qui le déclare, il n'y aura jamais de justice pour les pauvres et les pas instruits dans ce monde de pourris. Les pauvres continueront de payer à des cochons, qui n'ont même pas la reconnaissance du ventre, des hôtels où les voleurs et les incapables prendront la place des vrais ivrognes, de ceux qui commandent la bière à la caisse, pas à la bouteille, de ceux qui ont le courage de «fripper» une «run de drave» avant même de mettre les pieds à la maison. Voilà ces citoyens exemplaires, les assises même de l'hôtellerie québécoise qu'on traite avec un sans-gêne répugnant, avec une injustice révoltante.

Mais halte là! On ne traite pas ainsi Zèbe Préjean, parce qu'il a compris, lui, ce n'est pas de la pâte à crêpes qu'il a entre les deux oreilles. En conséquence, on va lui ouvrir toutes grandes les portes du « saloune ». On va le servir à une table réservée à son seul usage, tant et aussi longtemps qu'il aura des sous pour payer. Et attention! ce n'est pas demain la veille que le gousset de Zèbe sera tari. Pour démontrer qu'il dit vrai, il plonge sa large patte dans sa poche, en retire un portefeuille usé comme bottine de pèlerin, en arrache une liasse épaisse comme son courroux, frémissante comme sa colère, et la brandit à bout de bras. Quelques billets s'en dé-tachent, qu'il ne daigne même pas suivre du re-gard. Les badauds se précipitent. D'un geste souverain, Zèbe leur montre le mépris qu'il porte à ces restes et continue sa harangue. Qu'on se prépare là-dedans à veiller tard car Zè-be a soif et, c'est connu, la soif de Zèbe a des proportions gigantesques car, c'est également connu, il a un estomac double! On ne le saoulera donc pas en lui faisant renifler un quarante-onces de gin.

On pourrait croire qu'après un pareil abatta-ge, Zèbe est enfin soulagé, mais il ne considère pas avoir encore assez bien vidé son sac. Il a encore quelques petites crottes qui ne passent pas. Aussi, reprenant un peu son argumentation, il y ajoute quelques commentaires, quelques précisions dues à l'inspiration du moment. Qui donc par exemple, parmi les fumiers qui trônent au salon a jamais eu la noblesse de commander le champagne! pour réduire un petit alcool à 90 pour 100!? Un petit boire à faire pleurer de tendresse et d'admiration un fin buveur comme le Zèbe et quelques rares connaisseurs de ses amis intimes? Personne. Pas même le gros docteur qui passe pour une bonne tasse. Personne parmi ces gros messieurs ne connaîtra jamais toutes les finesses de l'art de boire. C'est Zèbe Préjean qui le proclame: tout au plus bons à se rincer le dalot avec du gros gin qui leur fait une haleine de cheval qui a la gourme, ces maudites grand-gueules « vulganisées »!

Enfin vide d'arguments, considérant sans doute avoir assez dit leur fait à tous les nouveaux riches du globe, Zèbe s'écrie:

— Asteure, fini les discours. J'ai soèfe! Faut que j'm'envoye une caisse de bière en arriére d'la cravate!»

Se défaisant de l'emprise de deux compagnons qui veulent le retenir, il les repousse, menaçant:

— Touchez-moé pas vous autes! Autrement m'as vous envaler tout rond.

Débarrassé de toute entrave, Zèbe se précipite sur la porte, la franchit, mais surprise et consternation! il revient. Et sans aucune dignité. En fait, il culbute en bas de l'escalier et se ramasse brutalement sur la chaussée. Il se relève pourtant et, philosophe, déclare:

— C'est parce que j'sus un peu paqueté. Autrement, j'arais faitte des r'mèdes avec!

Ses amis ne commentent pas, pas plus que les badauds attroupés devant l'hôtel et qui ont particulièrement apprécié le sermon servi aux riches. On sait l'hôtelier un homme d'une force rare. On s'accorde à penser qu'il est le seul homme, avec le gros Philippe peut-être, à pouvoir tenir son bout avec le Zèbe, mais quand même. Ça doit être la boisson… à moins que depuis sa nouvelle carrière, Zèbe se soit ramolli considérablement. Mais personne n'ose faire de commentaires désobligeants. On préfère le prendre à revers et s'étonner de le voir s'obstiner à donner son bel argent à un pareil ingrat. Sauf votre respect, n'est-ce pas monsieur Zèbe?, c'est un peu couillon. Pourquoi ne pas aller plutôt à l'hôtel Bienvenue, peut-être un peu moins sélect, mais où on sait recevoir les gens de son importance? Quant à l'aubergiste, il faut l'ignorer pour le moment. Quand il sera à jeun, Zèbe viendra prendre une *Black Horse* et par la même occasion, lui casser la gueule.

Cette perspective semble distraire Zèbe de ses idées immédiates de vengeance, mais il prévient quand même :

— Prends ben garde de fére le jars, Antoène Bilodeau. Laisse-moé dégriser pis tu vas frapper ton maître si tu l'as jamais rencontré. C'est moé icitte, Zèbe Préjean, qui t'le dis. Antoine, qui en a vu bien d'autres, ne relève pas le propos et se contente de dire aux amis de Zèbe qu'il en a assez pour aujourd'hui. On devrait essayer de le faire manger puis l'emmener se coucher. On fait signe que oui, mais on ne s'en dirige pas moins vers l'autre hôtel.

Comme au Central, on a aménagé là, très rustiquement, une partie de la cave pour en faire une taverne où les ivrognes d'un jour comme les habitués de vingt ans « placotent » devant une grosse bière, discutent de leurs problèmes intimes, de ceux du village mais aussi à l'occasion de ceux du monde entier. Aujourd'hui

103

toutefois, Zèbe qui aime parfois se rappeler l'ambiance d'autrefois, n'a pas le goût de se mêler à la piétaille. Aussi, entre-t-il délibérément par la grande porte, accompagné de ses deux copains peu assurés. Ils n'ont jamais mis les pieds en haut et craignent d'être mal accueillis. Cependant, Zèbe a de l'aplomb pour trois et les dirige d'un pas résolu vers le petit salon réservé aux notables qui répugnent à frayer avec la lie. Il choisit la table la plus isolée, commande princièrement et laisse un pourboire à l'avenant. Une fois servi, il se penche sur la table, invite d'un geste ses auditeurs à l'imiter, puis, baissant la voix comme pour inciter à faire grand cas de ce qu'il va dire, il prononce gravement:

— Faut que j'm'explique.

On l'invite à y aller franchement, à se libérer de ses secrets trop lourds, de ses traces qui gênent la digestion et provoquent la crise d'angine. Zèbe coupe court aux prévenances serviles et précise que ce qu'il à dire est important. En conséquence, il leur saurait gré de ne pas le forcer à les inviter à fermer leur gueule toutes les cinq minutes. Satisfait du silence obtenu, il se met à parler, longuement, très longuement, parfois fort confusément et de plus en plus lentement au fur et à mesure que les libations d'usage se succèdent. On prend bien garde de l'interrompre se contentant de tout approuver par signes, par monosyllabes... et de boire à l'œil.

D'abord, chacun sait que Zèbe est devenu un personnage pas ordinaire. On a trop des doigts d'une main pour compter les pères de famille dont un enfant va « manquablement » monter sur les autels. Sans aucun doute, précise Zèbe, du vivant même de son père! Il y a là de quoi rendre jaloux tous les culs-terreux de la paroisse, voire du comté. Quant aux notables, on sait bien qu'ils se retiennent à deux mains pour ne pas tuer les minables qui leur tiennent lieu de famille. Ils se vengent en accusant leurs femmes de n'être bonnes qu'à faire des chevaux de traits, pas des trotteurs. C'est l'envie qui les fait agir de la sorte. Malgré eux, ils respectent le Zèbe, mais non plus seulement par peur de se faire casser la gueule. Il y a plus. Évidemment, « l'événement » l'a rendu plus respectable encore, mais ce n'est pas tout. Serait-ce le fait d'avoir transformé la destinée de toute la famille? Il y a bien un peu de cela, mais sa force, son cerveau, sa réussite n'expliquent pas tout. Zèbe est un « cas » que lui seul et Dieu comprennent. Car il n'y a pas que sa fille qui ait des contacts en haut lieu, lui aussi, Zèbe, a été touché par une grâce très spéciale. Oui, monsieur! Oui, monsieur! « M'as vous expliquer. »

Ici, Zèbe étale avec complaisance l'humilité de son état passé, exagère si possible le commun de ses origines, grossit ses handicaps, se fait aussi misérable que le saint homme Job pour grandir encore sa réussite et rendre plus éclatante la justice divine qui a voulu remettre chacun à son rang selon ses mérites. Voilà ce que les riches et les instruits ne lui ont pas pardonné. Et comme ils sont incapables de savoir jusqu'où Dieu va aller, ils ont peur. Peur que Zèbe devienne plus riche que tous les bourgeois du patelin ensemble. C'est ça qui les fait suer. Mais

« calvaire de crisse! le Bonyeu sait ce qu'i' fait, non? » Si Zèbe le dit...

Voilà pour le côté mystique de la question. Néanmoins, et même si Zèbe remercie le bon Dieu de lui avoir fourni un pareil cerveau et une telle enfant, le port de l'auréole peut être presque aussi pénible que celui de la couronne d'épines. Enfin, après bien des détours, Zèbe a touché le fond du problème. Il explique: bon gré, mal gré, toute la maisonnée y veille, il devra modifier sa stratégie, au point qu'il se demande où iront ses finances. Et pour cause! Plus question déjà pour la Félicité et la Marie de putasser au su et au vu de tout le monde. Le notaire ne peut plus venir. Le gros marchand est forcé de faire des pirouettes vertigineuses pour caser son livreur ailleurs et venir lui-même porter les commissions, ce qui fait bien rire le docteur qui n'a pas à justifier son emploi du temps et peut vaquer à ses « occupations » jour et nuit. Si cela continue, il faudra abandonner le « bootlegging ». Ses frères lui prêtent toujours leur aide sans flancher, mais leurs maudites bonnes femmes ont la tête qui enfle et de plus en plus souvent font la morale. Zèbe se désespère: « Si vous sarait comment que c'est dur la sainteté! » Mais oui, un homme comme lui, habitué de trafiquer en confiance avec les hôteliers, les restaurateurs, sans compter une clientèle aussi fidèle que loyale chez les particuliers, ne voilà-t-il pas qu'on le regarde de travers quand il fait ses livraisons! C'est bien simple, sa sainte lui a rendu la vie impossible. Au point qu'il se demande s'il ne serait pas mieux d'être un père comme tout le monde? «De pas avoir le don de fére des saints!»

Mais il n'a pas encore dit son dernier mot, il va peut-être perdre la partie, mais pas avant d'avoir fait des efforts herculéens. Oh, il a bien une idée qui règlerait tout... Mais, peut-il en parler? Ses amis insistent tellement que Zèbe se laisse fléchir. Se faisant plus mystérieux encore, chuchotant, Zèbe instruit ses comparses de son secret le plus intime: un moyen sûr, éprouvé ailleurs. Ça ne se fera toutefois pas tout seul. Il faudrait investir beaucoup, mais ce n'est pas là le pire. Non. C'est toujours l'incompréhension de la majorité en commençant par sa propre famille qui sera le pire handicap. Ah, si seulement il pouvait compter sur eux! Mais non! Il le sait, il le sent, ils ne voudront pas le suivre sur ce terrain, pas les femmes en tout cas. À la fin, s'impatientent ses auditeurs, de quoi veut-il parler? Va-t-il les laisser languir jusqu'à demain matin? «M'as vous l'dire» s'exclame Zèbe qui tout de suite baisse le ton pour continuer: son projet est simple, mais génial comme tous les grands projets. Son rêve serait de bâtir une grotte où chaque fin de semaine le public pourrait voir sa sainte en conversation avec ses anges. Après tout, l'hiver s'en vient et si les anges n'ont pas de capot de chat, ils vont geler. C'est d'ailleurs cette constatation qui lui a fait penser à la grotte. Pourquoi se mettre martel en tête alors? Son projet est tout à fait louable. Des grottes, il y en a ailleurs, c'est pas des bordels, bout de maudit!... Ils n'ont rien compris, les pauvres demeurés. Zèbe doit expliquer encore. La grotte c'est bien beau, mais primo, ça va coûter des sous, deuxio, Zèbe Préjean n'est pas un cave. S'il songe à une grotte, c'est pour l'exploiter lui-même. Croyez-vous vraiment qu'il laisserait la populace contempler à l'œil sa petite sainte? « Poussez les gars, mais poussez égal. Faut que j'charge quèque chose! »

Un silence éloquent suit cette conclusion pourtant logique. Zèbe a beau donner toutes les explications démontrant que la sainteté habitant inopinément sa maison et le privant de son gagne-pain, il n'est que juste et raisonnable qu'elle lui fournisse un moyen de refaire sa carrière compromise, ses amis font grise mine. « Vous voyez ben, conclut Zèbe, l'idée est bonne, mais le dire pis le fére, c'est deux. »

En effet, avec sa profonde connaissance de l'humain, Zèbe sait chacune des embûches qu'il lui faudra franchir. Au point de mettre en doute la faisabilité du projet même. Il sait par exemple que les autorités municipales hésiteront à marcher dans la combine et que tous les envieux, c'est-à-dire l'immense majorité, emboîteront le pas. Et pourtant, quel potentiel il y aurait à tirer d'une pareille situation! Comme dans les « vieux pays », à une place entre autres, où la sainte est morte depuis des dizaines d'années et où les pèlerins affluent chaque année par milliers, uniquement pour voir le trou où elle avait ses apparitions. Pensez donc, avec une petite fille de douze ans, en pleine santé... ses vieux jours seraient assurés.

Seulement, et pour tout dire, Zèbe a peur qu'on lui vole son idée. À propos, en a-t-il parlé au curé? Difficile de mettre un pareil chantier en branle sans son assentiment. La religion, c'est leur rayon et ils seraient plutôt chatouilleux sur la concurrence... Beau dommage que Zèbe y a pensé! Le prennent-ils pour un imbécile? Non certes, mais... Non, Zèbe ne lui en a pas parlé et il hésite beaucoup à le faire. Il ne voit pas souvent monsieur Sasseville: il n'est pas une grenouille de bénitier. Mais, quand il va à l'église, il est bien généreux à la quête. Pourtant, le curé demeure distant. Il est avare de sourires, encore plus de propos amicaux les rares fois où ils se parlent. Non, il craint bien que le prêtre ne soit pas très entiché de son projet de grotte. Il ne craint pas que le saint homme prenne son idée à son compte, mais il a peur qu'il le décourage fermement de s'aventurer dans la réalisation d'un pareil programme.

Bref, Zèbe est coincé. C'est d'ailleurs pourquoi il a décidé aujourd'hui de se paqueter la gueule, pour oublier cette saloperie d'existence. Vidé, fatigué, Zèbe s'endort sur sa table. On rejoint ses frères qui viennent le chercher. Il rouspète un peu, menace mollement de se fâcher mais, trois Pouilleux valant mieux qu'un, le Zèbe est véhiculé jusqu'à sa demeure où on le couche. La sainte est atterrée. Quel scandale! Son père qui avait été correct depuis si longtemps, lui fait maintenant honte, oh! tellement honte que ses anges n'arrivent pas à la consoler.

Cependant, comme après toute crise sévère, le mal se mit ensuite en veilleuse. L'automne était déjà arrivé. Il fallait engranger, labourer, entrer le bois de chauffage, faire boucherie, se préparer pour les chantiers. La Butte se vida à un point que Zèbe y vit une réponse du ciel à ses exhortations, Ange-Aimée le châtiment appelé par la conduite scandaleuse de son père. Zèbe se reprit à espérer. Il oublia complètement la grotte. Il allait s'en tirer, dût-il multiplier les prodiges d'audace, de sang-froid et d'ingéniosité, car la police était maintenant sur les dents. Elle avait obtenu toutes les autorisations et toutes les incitations nécessaires à justifier un zèle exemplaire dans l'œuvre éminemment purificatrice de nettoyer le comté de son pire « bootlegger », pendant que la sainte prierait désespérément pour sa rédemption définitive. Au besoin, elle saurait bien aider un peu la Providence...

7

Le lieutenant Gagné de la Gendarmerie royale avait été chargé de coordonner les opérations avec la sûreté provinciale et les autorités municipales. La contrebande en eaux territoriales relevait de sa compétence et comme de toute évidence Zèbe se livrait au trafic du whisky de Saint-Pierre et Miquelon, il appartenait au lieutenant de lui mettre la main dessus. S'il pouvait... car regaillardi par le déclin des affaires de sa fille, Zèbe s'était dessoûlé et était redevenu le tigre qu'on avait connu jadis. Bien malin qui pourrait le suivre à la trace. Quant à lui tendre des embûches, il aurait fallu suivre minute après minute le cheminement de sa pensée. C'est précisément ce qu'il faisait à l'endroit du policier. Dans une vaste partie d'échecs, il prévoyait chaque fois où le flic placerait sa pièce et passait infailliblement à côté. Les forces de l'ordre rageaient et Zèbe, dont la cote de popularité remontait très vite, jouissait comme un sybarite dans un bordel.

Après toute une suite de tours de passe-passe grâce auxquels Zèbe put remettre convenablement son réseau en marche, il décida de frapper un grand coup. L'automne avançait en effet et il convenait de grossir l'inventaire avant la venue de la neige qui entraînerait la fermeture des chemins. Même s'il savait que les policiers ratissaient la région et surveillaient discrètement ses allées et venues, Zèbe décida de partir en direction de la mer. Il n'avait d'ailleurs pas le choix: un arrivage important était annoncé et s'il voulait avoir sa part de la cargaison, il lui fallait en prendre livraison. S'étant assuré qu'il n'était pas suivi, Zèbe quitta Matane et poussa vers l'est, en direction d'une petite crique secrète où il avait été convenu d'opérer. Le transbordement se fit par une nuit sans lune, dans un silence de consécration, avec des gestes économes et précis. Du travail de professionnel, méthodique et sans bavures. L'embarcation poussée manuellement au large était repartie avec la discrétion du bateau fantôme. Bien lesté, Zèbe avait démarré et, les phares de la voiture recouverts de sacs de jute qui laissaient filtrer juste assez de lumière pour ne pas s'embourber, il avait refait le chemin de charrette jusqu'à la route nationale où, libérant les réflecteurs, il avait appuyé à fond dans sa hâte de mettre le plus de distance possible entre la petite anse et lui. Une autre opération réussie dans sa phase la plus délicate.

Il fallait toutefois rester bien éveillé et être prêt à tout moment à foncer à tombeau ouvert. Étant devenu un conducteur expert, cette alternative n'inquiétait pas trop Zèbe. Il pourrait toujours, le cas échéant, faire sauter les barrières et, durant le temps nécessaire à entamer la poursuite, distancer la police, prendre une route secondaire, ou à la rigueur se défaire de la cargaison et se laisser rattraper. Connaissant le parcours comme sa propre cour, y ayant ménagé des replis stratégiques, s'y étant même assuré des collaborateurs aussi discrets qu'efficaces, Zèbe ne doutait pas de mener à bien la deuxième phase du transport clandestin. Effectivement toute la distance qui le séparait de Saint-Théophile se fit très bien.

Trop bien au gré de Zèbe. Il n'était pas normal qu'on n'ait pas tenté de l'arrêter une seule fois après cent milles de route. Ça sentait le roussi. Excès de prudence, pressentiment? à quelques milles du village, Zèbe stoppa, fit demi-tour et retourna sur ses pas vers le village voisin. Avant d'y entrer, il s'arrêta à un endroit de la route où le ruisseau Rouge, celui-là même qui coulait au pied de la Butte, traversait le chemin sous un petit pont couvert. Zèbe connaissait ce coin comme le fond de sa poche pour avoir, durant son enfance, suivi le ruisseau jusqu'à une fosse qui lui permettait toujours de compléter une pêche fructueuse. Dans ce trou, peu profond à la vérité, il y avait un groupe de grosses roches dont la truite aimait l'ombre. Éteignant les phares, stationnant la voiture à l'écart, Zèbe fouilla dans le coffre, en sortit une corde, du fil métallique, attacha les canistres les unes aux autres et lesta la première d'un gros caillou. Il fallait faire vite: derrière la montagne, le soleil commençait tout doucement à allumer ses feux. Se déshabillant, Zèbe entra dans l'eau glaciale et laissa tomber la grosse pierre au dé-

but de la fosse. Les premières canistres s'enfon-
cèrent et les autres se mirent sagement en ligne
après avoir tâté le fil de l'eau. Plusieurs fois, il
se glissa sous l'eau pour y attacher aux cannes
suffisamment de pierres pour les faire disparaî-
tre toutes.

Balayant l'horizon du regard, Zèbe constata
avec satisfaction que personne ne venait. Se
rhabillant vivement, il redémarra en direction
de la maison en sifflotant une complainte qui se
voulait gaie. Le diable sans doute l'en avait prévenu, un barrage bloquait la route à l'entrée du
village. Le « spotteur », plusieurs « montées »
avec le lieutenant Gagné en tête faisaient les
cent pas de long en large du chemin. Souriants,
ils accueillirent le Zèbe, sûrs cette fois de le
prendre en flagrant déli.

Leur déconfiture faisait peine à voir quand
après avoir tourné la voiture sens dessus des-
sous, ils durent convenir qu'il n'y avait pas la
moindre trace, pas la moindre senteur frelatées.

— Asteure que vous avez viré mon char à
l'envers, j'peux-tu partir ?

— Oui mon Zèbe ! Mais tu perds rien pour
attendre. On finira ben par te pogner, pis c'coup-
là tu vas en prendre pour une maudite neuvaine, c'est moé qui te l'dis.

— Ben oui, lieutenant... ben oui.

Un peu arrogant, juste ce qu'il faut, Zèbe
termina son voyage, un peu inquiet toutefois
à la pensée qu'un rameur découvre le précieux
chapelet. Ce matin-là, Zèbe ne dormit pas. Il
lui fallait trouver très vite un moyen de faire
passer le colis. Il se creusa les méninges une
bonne partie de la journée, échafauda les plans

les plus astucieux, mais le risque était chaque fois trop grand. On avait bien levé le barrage, mais les « montées » étaient vraiment montées !, surtout le lieutenant qui se jurait de coincer cette fois ce maudit Pouilleux qui le couvrait depuis trop longtemps de ridicule. C'était une lutte à finir...

Installé à l'hôtel Central, il surveillait étroitement les hôteliers, les ivrognes et surtout les « robineux » qu'il essayait de faire moucharder. Les résultats furent pitoyables, car même si le prix de la délation était alléchant, on craignait trop la vindicte du clan pour oser l'accepter. De l'argent, mort ou infirme, à quoi ça sert ?... De son côté, Zèbe se promenait seul et ruminait ses plans. Vers deux heures, la lumière fut, puis comme l'Autre Zèbe se reposa. Jeanne devait le laisser dormir trois heures, pas une minute de plus. « Faites pas de bruit, papa se r'pose. » Les enfants s'étaient prudemment éloignés, avaient même mis la sourdine, sentant que quelque chose de grave se tramait et qu'il fallait respecter à tout prix le repos du guerrier qui allait bientôt combattre, on le devinait. A l'heure dite, Zèbe se leva frais et dispos, se rasa, mangea. Il était de bonne humeur : le plan qu'il avait commencé d'élaborer était maintenant limpide comme de l'eau de source : l'Udore partirait en direction de Matane avec l'Antime, lui resterait au village avec l'Uclide.

Zèbe s'empressa de s'y montrer. Il fit même exception au jeûne qui avait suivi sa dernière cuite et prit une bière à chacun des hôtels. Il s'était réconcilié avec Antoine Bilodeau. Bon garçon, Antoine avait passé l'éponge, s'excusant toutefois de ne pas pouvoir faire des affaires dans le contexte actuel. Il était capital de ne pas éveiller les soupçons de Gagné qui logeait à l'hôtel. Zèbe ne pouvait manquer de le croiser. Ils se rencontrèrent en effet, sous les sourires narquois de la clientèle qui trouvait Zèbe vraiment culotté de relancer l'officier dans son état-major. Soudain, brusquement, trop brusquement, le lieutenant se leva et dit au constable qui venait de lui parler à l'oreille: «J'vas aller faire une p'tite marche avant souper.» Zèbe marmonna pour lui-même: «Ça mord. Ça mord.» et il continua de jaser avec l'hôtelier, le rassurant que ça n'était pas encore demain la veille que Gagné lui mettrait les menottes. Il devrait bientôt retourner à Rimouski, gros Jean comme devant. Parole de Zèbe Préjean!

Ayant appris, quinze minutes à peine après leur départ, que deux Pouilleux étaient en route vers Matane, le lieutenant fit immédiatement relever le barrage, revint manger en vitesse et retourna se placer en faction. Au même moment, l'Uclide attaquait le sol derrière la grange communale et l'aîné des fils d'Antime se postait en sentinelle avec les ordres de ne poser aucune question et de ne dire à personne ce qu'il avait vu, puisqu'il n'avait rien vu. Compris? «Oui, son oncle!» Zèbe était maintenant de retour. Il était entré chez lui sans visiter Uclide, avait mangé quelques bouchées, puis était reparti au village. Il ne s'était jamais tant montré depuis sa dernière virée. Il n'avait jamais été aussi affable. Il répondait volontiers aux quolibets que lui adressaient les buveurs.

La cargaison était-elle en lieu sûr?

Quelle cargaison ?

Croyait-il pouvoir berner la police ?

Pourquoi voudrait-il berner la police ? Il n'avait rien à cacher, voyons !

Il n'est pourtant pas allé à la mer prendre un bain de pieds !

Et pourquoi Zèbe n'aimerait pas les bains de mer ? L'eau salée est plus flottante, non ?

En octobre !

Oui, elle fouette mieux le sang.

Comment s'y était-il pris cette fois ? Allons un bon mouvement pour ses plus ardents supporteurs. Il ne peut refuser de les mettre dans le secret.

Puisqu'il n'y a rien à dire. Parole ! Zèbe est blanc comme neige. Onze heures, onze heures déjà ! Il est temps de rentrer.

Pourquoi ne pas veiller un peu ?

Parce qu'il s'endort, allons ! Comme si on ignorait qu'il s'est couché tard la veille...

Alors, l'abreuvoir fut secoué de rires. Chacun savait que la perquisition s'était terminée à sept heures.

Majestueux, Zèbe quitte les lieux sous un accompagnement sonore de pépiements et de bruissements d'admiration. On sait, ça crève les yeux, qu'il a quelque part, entre ici et la côte, une cargaison en transit. Un stock de plusieurs centaines de dollars. Vingt cannes ? Trente ? Peut-être plus. Sans doute plus, affirment les aficionados. Mettons trente gallons, d'abord ! Cela fait cent vingt pintes « pas réduit si vous plaît » ! Mentalement, on fait le calcul... En effet, c'est une petite fortune. C'est, en une nuit, le gain de deux années et plus pour la plupart des buveurs. Tout de même ce Zèbe! Qui aurait dit ça quand il sciottait des billots? Et quel sang-froid! Au nez de la «montée», mes amis! Celle-là qui ne rate jamais son homme... Elle ne connaît pas encore le Zèbe. C'est quelqu'un, Zèbe Préjean! Tiens, tiens... Deviendrait-il moins pouilleux maintenant qu'il livre un beau duel à la société?

Zèbe a toutefois d'autres soucis. De retour à la Butte, il a pris l'Uclide à l'écart, loin des femmes et des enfants, il a même généreusement asséné un coup de botte dans les maigres flancs de Mousse qui s'obstinait à ne pas fermer sa gueule, de sorte que dans un silence saisissant — pour la Butte — il a pu donner ses instructions à son frère. Après, il est rentré chez lui pour manger un peu. À cette heure? Il court sur minuit! «Oui, ma femme! Du thé, fort en masse, un morceau de roûti, pis du pain avec du beurre. Ça va fére l'affére!»

La Jeanne s'exécute sans ajouter de questions auxquelles elle n'aurait pas de réponse. Ce qui ne l'empêche toutefois pas de s'inquiéter. Ce qu'il mijote, au moins, ça n'est pas dangereux? Mais non. Elle peut dormir sur ses deux oreilles. Il va revenir vers quatre heures. Qu'elle s'assure seulement, si la police vient demain, mais elle ne viendra pas, de bien avertir les enfants qu'il n'a pas quitté son lit de la nuit. D'ailleurs, ils dorment tous à poings fermés. Excepté la sainte... Elle doit encore prier, la sainte...

S'étant restauré, Zèbe sort, lampe de poche en main. Il ne prend pas sa voiture. «Qu'est-ce qu'i' peut bien manigancer encore?» geint sa femme.

— Uclide, t'es là?

Uclide sort de l'ombre où il était tapi.

— Viens-t'en.

Les deux hommes se dirigent en silence vers l'étable où ils causent un moment, ricanant tout bas à la déconvenue prochaine de la police, puis, au bout d'une vingtaine de minutes, ils sortent par une porte battante qui donne sur le tas de fumier. Contournant alors la Butte, ils entrent dans le pacage où les deux chevaux surpris déguerpissent au galop.

— Les maudites picasses, jure le Zèbe, ça fait dix ans qu'on les attelle pis i' sont pas encôre assez intelligents pour nous r'connaître. Tiens, les vaches sont moins bêtes!

Elles le prouvent en se contentant d'un tête-à-queue suivi d'un bond ou deux, après quoi elles se retournent à nouveau pour les regarder passer, la gueule ouverte sur une poignée d'herbes jaunies, l'œil hagard et abruti.

— I' te font pas penser à Gagné? questionne Uclide.

— Maudite tête heureuse!

Rendus au bout du champ, les deux marcheurs reviennent vers le ruisseau. On entend tout près l'eau qui glisse en clapotant sur les cailloux. Les deux frères y entrent et sachant que le bruit couvrira leur marche, remontent résolument le courant. En quelques minutes, ils arrivent au bois. Dès lors et sur trois milles de distance, ils savent qu'aucune route, aucune terre défrichée n'aboutent au petit cours d'eau, la coulée étant trop abrupte. Ils peuvent enfin allumer leurs lampes et progresser plus rapidement vers Saint-Isidore. Ils atteindront les terres faites dans un peu plus d'une heure. Pour un demi-mille environ, il leur faudra ensuite éteindre et être extrêmement prudents, car la route n'est plus très loin et se rapproche progressivement à mesure qu'on gagne le pont qui enjambe le ruisseau.

Malgré sa hâte, le Zèbe s'impose de ralentir son rythme, mais il est tendu. La chance est si capricieuse... S'il fallait que quelqu'un sorte... Sait-on jamais? Un chien errant. Une bonne femme en couches. Le médecin qu'il faudrait aller chercher. Les maisons qui s'illumineraient. Mais non, Zèbe. Du calme. Personne ne viendra. C'est beau à dire, mais tant que ces maudites canistres ne seront pas en lieu sûr, le cœur de Zèbe battra un peu la chamade. Pourvu qu'elles soient toujours bien ancrées? Mais oui! Autrement ça se saurait déjà. Enfin, le petit pont. On se déshabille en vitesse et on plonge pour retirer les cannes et les délester une à une. On fourre le sac de linge sur son dos et laissant le courant tirer la charge, Zèbe devant, l'Uclide derrière, on se hâte vers le bois. Un chien dans le lointain hurle un bon coup puis jappe quatre, cinq fois, se tait puis recommence et recommence.

— I' va-tu farmer sa maudite gueule, c't'enfant d'chienne-là? maugrée l'Uclide.

— Inquiéte-toé pas, rassure le Zèbe, i' est trop loin. Pis i' doit être attaché.

— Tu penses?

— Oui. Autrement, i' s'rait déjà icitte à nous péter de la broue.

— T'as ben manque raison.

120

— Ben oui j'ai raison. Farme ta gueule pis marche!

Heureusement, le bois n'est plus qu'à une centaine de pas. On les franchit sans embûches et après y avoir bien pénétré on s'arrête enfin. Bandant la corde chacun à son bout, les deux frères soulèvent la charge et la déposent délicatement sur la rive.

— Habillons-nous avant d'virer en blocs de glace, nom du père!

Bien au chaud maintenant, les pieds protégés des cailloux, les deux larrons contemplent les quarante sœurs allongées sur le sable.

— C'est pas beau ça, Uclide? C'est pas beau ça?

— J'en viens les larmes aux yeux, mon p'tit frére!

— Y en a-tu des reels pis des quadrilles là-d'dans, mon p'tit Uclide!

— Y a ben manque quèques mals de bloc itou.

— Bon c'est pas toutte ça. On les flattera encôre en bas. Allons les coucher, pis nous autres itou.

Jetant un regard attendri aux pleines-de-joie, les deux Pouilleux repartent, laissant l'eau charrier la précieuse charge. Quand arrive un caillou trop gros, ils tendent la corde, soulèvent le fardeau pour le déposer plus loin dans le courant.

— La belle eau du Bonyeu qui fait not' ouvrage, ricane l'Uclide.

— Pas trop fort, Uclide! Pas trop fort!

— Y a pus d'danger!

— On sait jamais. Faut pas défier le yâble.

En silence, les deux frères repartent vers le village. Arrivés au fronteau, ils hésitent un peu mais décident de rester à l'eau jusqu'à la grange. Ils y parviennent bientôt et en un tour de main, portent la charge près du tas de fumier, la déposent dans le trou qu'Uclide a creusé dans l'après-midi, enterrent les cannes, puis recouvrent le tout d'une couche de fumier qu'ils s'efforcent d'harmoniser avec le reste de l'amoncellement. Évidemment, un œil exercé verra que le fumier a été remué récemment, mais l'œil de la police a-t-il cette acuité? Pas entièrement rassuré, Zèbe ordonne de déposer là tout le fumier frais possible. Il faudra sortir les chevaux du clos? Oui. On les y remettra une fois le danger passé. Si quelqu'un s'inquiète, on prétextera qu'un maquignon doit venir échanger une bête.

Au même moment, l'Antime et l'Udore, un peu éméchés, arrivent au barrage où on fouille rageusement chaque recoin de leur voiture. Au bout d'une heure, dégoûté d'être encore bredouille, on leur dit de foutre le camp. L'Antime regarde la route jonchée d'outils, des pneus de rechange, des banquettes, du vérin, des tapis et, très digne déclare:

— C'est connu. Faut r'mettre à leu' place les afféres qu'on prend.

Ivre de rage, le lieutenant l'empoigne au collet et lui crache au nez:

— Toé l'Pouilleux, crisse-moé le camp d'icitte ou ben j'vas fére un malheur!

Très calme, l'Antime réplique:

— C'est connu, p'tit gars! Ceuzes qui ont déjà sauté sus moé s'en rappellent encôre.

Claquant les talons, le lieutenant commande:

— Ramassez-moé ça, vous autres, pis allons nous coucher avant que j'vienne fou, moé!

L'Antime énonce alors une ultime vérité:

— C'est connu. Courir après le vent, ça énarve un homme.

Le policier s'arrête, se retourne et dévisageant le Pouilleux, il lui dit tout bas, laissant son poing le menacer:

— Toé, un jour j't'aurai en arrière des barreaux. On verra ben si tu vas être aussi jars ce matin-là.

L'Antime mesure le policier et se contente de laisser son regard relever le défi.

Le lendemain, tout le village, même les bonnes âmes qui réprouvaient carrément le fléau de l'alcool, ne pouvaient s'empêcher de faire des gorges chaudes. Se sentant ridiculisé, observant les silences inopportuns qui saluaient partout son arrivée, l'officier se dit qu'il était bien bête de passer ses nuits à vouloir protéger une pareille bande d'ingrats. Il renonça donc à poursuivre le siège, se promettant de ne jamais plus remettre les pieds dans ce village de tordus. Déjà il échafaudait un plan nouveau. Puisque tout le monde était désormais de connivence, il « travaillerait » le Zèbe ailleurs.

Avant de partir, toutefois, il allait lui payer une petite visite. Le voyage de ses frères n'était qu'une diversion, de toute évidence. Le chargement devait donc être chez lui. Il fallait le trouver. Avec toute sa troupe, le lieutenant fit irruption chez les Pouilleux où chacune des maisons fut littéralement tournée à l'envers. Encore une fois en vain. Tout ce travail pour rien et sous les insultes des femmes qui en revenaient bien de voir leur « ménage » tout défait. « Les bâti-ments ! » hurla Gagné. Pendant des heures on y retourna tout, on passa tout au peigne fin. En-core rien. On allait partir quand le lieutenant nota la porte battante. Où menait-elle ? Dehors... évidemment. On prit la porte pour tomber dans le fumier. « Des fourches ! » hurla Gagné. Et pendant une demi-heure, on lacéra le tas, sur-tout là où on l'avait remué. Toujours en vain. Pendant toute l'opération, Zèbe ne quittait pas le policier des yeux. Il n'avait pas paru un ins-tant intrigué. De guerre lasse et sans la moindre parcelle de preuve, les policiers se retirèrent en-fin. Dès qu'ils furent hors de portée, Zèbe sai-sit une fourche et enleva le fumier, puis prit une pelle et déterra les canistres.

— Vite, allez cacher ça dans le bois !

Il était moins cinq. Moins d'une heure plus tard, le lieutenant était de retour et refaisait les opérations de Zèbe pour ne trouver qu'un trou vide. Complètement écœuré, il secoua la tête. Il avait compris une heure trop tard. Toujours cette maudite heure qu'il avait en retard sur son ennemi juré.

Les Pouilleux hurlaient de joie à l'annonce du départ définitif des « montées ». Zèbe tempéra leur ardeur.

— C'est asteure que ça va se compliquer, leur dit-il. Si la montée r'met pus les pieds icitte, pis notez ben que j'les comprendrais, i' vont asseyer de m'avoir alieurs. Va falloir que j'me « watche » en crisse !

Mais, c'est connu, il en a entre les oreilles le Zèbe. Sa parade était déjà prête. Sachant qu'il pouvait être intercepté n'importe où entre la mer et Saint-Théophile, il ne tenterait pas l'impossible. Du moins, pour un temps. Le lendemain, il partait pour le Nouveau-Brunswick et pendant que les policiers ratissaient les routes du côté nord, il transportait calmement ses chargements depuis Campbellton, qui est au sud...

Puis vint l'hiver et avec elle le tarissement de l'inventaire de Zèbe. Le jeûne momentané qu'avait occasionné l'épisode de la sainte avait semblé donner soif à tout le comté. Mais comment refaire le plein en hiver? Zèbe partit quand même vers la baie des Chaleurs. Le lendemain, à la suite d'un coup de téléphone anodin, toute la tribu chaussa ses raquettes et se mit à battre le pré qui s'étendait vers le village au pied de la Butte. Le surlendemain, un petit monoplan survolait une fois, deux fois le village, puis glissait tout doucement vers la Butte où il se posait à l'ahurissement général. On n'avait pas fini de chercher à rattraper son souffle. Rayonnant, Zèbe en descendit, suivi d'une vingtaine de boîtes métalliques sur lesquelles une petite main était embosselée. Encore une fois, Zèbe avait trouvé. Le lendemain tout le village parlait de Zèbe l'aviateur et le portait aux nues... sauf la sainte tiraillée par un terrible problème de conscience.

8

Au lendemain de cet exploit remarquable
— Zèbe était en effet le premier citoyen de
Saint-Théophile à avoir jamais pris les airs — sa
popularité atteignit ses plus hauts sommets. Au
point que les exploits de la sainte cessèrent de
faire la une. En prit-elle ombrage? Est-ce cette
éclipse qui la détermina à passer à l'action?
Crut-elle que la morosité dont Zèbe avait fait
montre tout l'été avait été motivée par l'envie?
S'il est tout à fait certain que Zèbe souhaitait
la gloire de sa fille à condition qu'elle la connût
ailleurs qu'à la Butte, en était-elle également
convaincue? S'il est non moins vrai qu'elle aimait
son père, ne souffrait-elle pas de sa renommée
qui jetait trop d'ombre sur son propre spectacle? Bien malin en tout cas qui aurait pu dire
ce qu'elle pensait vraiment. Était-elle foncière-
ment pieuse et à ce titre, craignait-elle since-
rement pour le salut de l'âme de son père? Ou
voulait-elle simplement, en arrêtant ses opérations clandestines, redorer définitivement son
blason? Allez donc savoir les motifs capables

d'expliquer les desseins qu'elle tramait dans sa petite tête! Pouvait-elle les comprendre elle-même?

À toutes fins utiles, elle passa à l'action, ou plutôt décida de passer à l'action après le coup de l'avion. À partir de ce moment, elle cessa de se demander si elle allait tenter de stopper Zèbe et commença à chercher fébrilement les moyens de le faire. S'il lui fallut chercher long-temps comment, quand et avec l'aide de qui, jamais elle ne mit par la suite en doute l'incom-patibilité des agissements du contrebandier avec la mission qu'elle se croyait destinée à remplir. Son parti fut pris, irrévocablement. Sans doute, sans le savoir, le Zèbe avait-il violé un domaine réservé à ses anges: il n'aurait pas dû emprun-ter leur corridor aérien. Toutefois, s'il est facile de vouloir faire cesser une chose, il est moins aisé de réaliser son vœu. Certes, la sainte avait bien une idée sur la façon de procéder, mais la démarche était très délicate. Pourtant, après des mois de réflexion, elle arriva à s'imposer comme la seule façon d'agir.

Qui d'autre mieux que monsieur le curé pouvait mettre un frein définitif aux menées de Zèbe? Y avait-il un seul homme, même le lieu-tenant Gagné, que son père craignait la moitié autant que monsieur Sasseville? Dans ses conversations avec ses frères, il se payait régu-lièrement la tête du policier qui courait toujours au mauvais endroit, au mauvais moment, mais quand tout le monde avait tendance à se laisser emporter par un enthousiasme trop dangereux, il n'avait qu'à prononcer le nom du curé pour que le sarcasme et la témérité fondent sur le

champ. On redevenait tout à coup particulièrement circonspect et on se promettait de redou-
bler de prudence, car le jour où le miquelon
coulerait au point de réveiller la colère du saint
curé... tiens, il valait mieux ne pas y penser.
Jusqu'à maintenant, il s'était contenté de quelques sermons vigoureux, mais si jamais on le
poussait à rompre la trêve, alors on n'aurait qu'à
bien se tenir, ou fermer les livres tout de suite,
car monsieur Sasseville n'aurait pas besoin de la
police. Il se contenterait de faire cesser la demande pour que l'offre disparaisse d'elle-même.
Il se contenterait de mettre les consciences à
vif, de déclencher la vindicte féminine en la con-
vainquant du devoir absolu de combattre l'ivrognerie et ses suppôts, et ça serait vite la réces-
sion, puis la faillite.

Si donc, avait raisonné la sainte, un homme peut mettre un frein au trafic de son père,
c'est monsieur le curé. Mais comment l'approcher. On a beau être une sainte, quand on n'a
pas tout à fait douze ans, il faut y réfléchir à
deux fois avant de saisir un prêtre prestigieux
d'un plan pour le moins machiavélique. Il lui
fallut un bon moment pour se convaincre que le
curé ne pouvait pas ne pas l'entendre en confession. Elle attendit le jeudi soir où les fidèles
se préparaient au premier vendredi du mois
et, prenant son courage à deux mains s'amena
au confessionnal. Forcé de pencher la tête pour
voir sa pénitente, le curé la rabroua un peu,
lui faisant remarquer qu'il y avait des heures
réservées aux enfants et qu'elle prenait la place
des grandes personnes.

— Mais c'est moi, monsieur le curé, la sainte!

— Je t'ai reconnue, mon enfant, mais là n'est pas la question, tu reviendras avec tes compagnes demain matin.

— C'est ben grave, monsieur le curé...

— Tu te décides enfin à avouer ton gros péché?

— Mais non, monsieur le curé. Vous savez ben que j'fais pas d'péchés.

Ah bon! Comme ça, on n'est plus orgueilleuse? On n'est plus menteuse? On n'est plus tricheuse? On a décidé de ne plus abuser les gens? On est disposé à mettre fin à un jeu qui serait sacrilège, oui sacrilège, si elle comprenait mieux ce qu'elle fait?

Complètement désarçonnée par la pluie de reproches qui s'abattait sur elle, la sainte avait perdu tout son flegme et luttait de toutes ses forces pour retenir ses larmes. Lorsque le curé Sasseville vous vrillait son regard d'acier dans les yeux, même à travers un grillage, vous aviez l'impression qu'un vent mauvais se mettait à tourner les pages les plus intimes de votre livre. Pourtant elle était courageuse et réussit à se contenir.

— C'est pas pour moi, bégaya-t-elle, c'est pour mon père... Zèbe Préjean.

— Je connais bien ton père, ma petite. Mais comme ta confession ne doit mettre en cause aucune, tu entends bien, aucune autre personne, je ne peux pas t'entendre en confession. Allons, va-t'en. Tu me fais perdre mon temps et celui des gens qui attendent.

Découragée, la petite se leva et, s'essuyant les yeux, s'apprêtait à partir quand le prêtre la rappela :

— Attends une minute. À la réflexion, il faut que je te parle. Cela a déjà trop tardé. Mais pas ici. Tu viendras me voir au presbytère, samedi. À dix heures. Maintenant, va prier, puisque tu es à l'église.

— Mais j'pourrai pas, monsieur le curé, j'sus ben trop gênée.

— Encore un mensonge ? À dix heures ! Autrement j'irai te chercher.

Et il claqua le guichet.

Ange-Aimée sortit en vitesse et se dépêcha vers l'arrière de l'église où, dans un coin d'ombre, elle put pleurer tout son saoul. Elle avait cru que ce serait facile, que le prêtre écouterait avidement tous les détails qu'elle avait à communiquer, qu'il la féliciterait de son geste, qu'il l'aiderait à chasser ses appréhensions, qu'il calmerait son remords, qu'il la consolerait de trahir son père en lui affirmant qu'elle n'avait pas le choix, qu'elle devait faire son devoir quoi qu'il lui en coûte. Au lieu de cela, il la traite de menteuse, de tricheuse, d'orgueilleuse, la chasse du confessionnal, mais surtout, il la convoque à son bureau, là où elle ne pourra plus cacher son visage derrière la grille du confessionnal. On serait bouleversé à moins. À force de se faire violence, elle réussit enfin à sécher ses larmes et regagna lentement sa demeure où elle refusa de dire où elle était allée. Prétextant une migraine, elle se coucha immédiatement pour éviter les questions. Mais le sommeil qui lui vint très tard fut peuplé de rêves pénibles.

Le surlendemain, à l'heure dite, elle était dans le bureau de monsieur le curé. Il se leva pour refermer la porte derrière elle. Morte de peur, craignant de recevoir une correction d'importance, elle se mit à chialer tout bas. Se levant à nouveau, le prêtre lui caressa la tête, la calma peu à peu, la consola en lui affirmant qu'il ne lui voulait aucun mal, au contraire. Monsieur le curé signifiait-il qu'il voulait bien écouter les renseignements qu'elle avait à communiquer sur le commerce de son père ? Pas du tout ! Il n'avait pas besoin de délateur pour savoir que son père ne travaillait plus et que par un hasard assez «providentiel», ses affaires semblaient s'arranger... et celles de ses oncles aussi. On constatait, cela se voyait comme le nez dans le visage, qu'ils étaient bien vêtus, qu'ils avaient deux voitures, le téléphone. Bref, le curé n'était pas aveugle. Il n'était pas non plus assez ramolli pour ne pas faire les quelques déductions qui s'imposaient dans les circonstances. Il n'ajouta pas, mais il aurait pu, que plusieurs de ses paroissiennes l'avaient depuis longtemps mis dans le secret, dans l'espoir qu'il ramène leurs soûlons dans le droit chemin.

Non ! ce qu'il avait à lui dire, c'est que la comédie des apparitions, que la sinistre farce qu'elle avait montée, avait assez duré. Quant aux activités de son père, c'était le travail de la police d'y mettre fin. Il était pasteur, pas policier, et à ce titre, il aimait également toutes ses brebis. En conséquence, même s'il souhaitait mettre un terme aux «affaires» de Zèbe, il ne serait jamais mouchard et tolérerait encore moins qu'elle le soit.

Par contre, lorsque la religion menaçait d'être tournée en ridicule, son devoir de prêtre lui imposait d'intervenir. Il avait cru qu'elle se lasserait vite de ces simulacres grotesques. Il s'était, hélas, trompé. Mais maintenant, le cirque devait cesser sur-le-champ! Car à la fin, elle n'avait jamais vu d'anges... n'est-ce pas? N'est-ce pas? Pouvait-elle seulement lui décrire un ange? Non, n'est-ce pas? Comment pouvait-elle alors, autrement que par un véritable délire de son imagination malade, prétendre jouer à cache-cache avec un ange!!! C'était de la supercherie! C'était de l'indécence! Savait-elle ce que c'était un ange? Allons! Son petit catéchisme le lui avait appris... Elle savait... Oui. Un ange est un esprit, un pur esprit. Alors, qu'est-ce que c'est un esprit. Allons! C'est quelque chose qu'on ne peut pas voir. En conséquence peut-on voir un esprit? Peut-on entendre un esprit? Et les images alors... Matérialisations idéales uniquement vouées à mousser la piété. Rien de plus. Et son ange gardien, le seul qui veillait sur elle, que pensait-il de cette bouffonnerie? Elle devrait le lui demander. Puisqu'elle cause si facilement avec les autres, peut-être trouverait-elle le moyen de communiquer avec lui... Assez plaisanté! N'avait-elle pas honte, à la fin, d'être aussi menteuse? D'être aussi orgueilleuse? Ne savait-elle pas où l'orgueil avait mené Lucifer, l'ange le plus intelligent des cieux? Voulait-elle vraiment imiter son exemple et finir comme lui? En terminant, une autre manie devait cesser. Elle ne devait plus jamais s'appeler la sainte, car la sainteté est un état trop noble pour qu'on se permette de le ridiculiser. C'était bien compris?

La petite était effondrée. Elle aurait bien voulu protester, dire que ce n'était pas elle qui s'était appelée la sainte, mais bien les gens qui lui avaient donné ce nom; qu'elle avait bien vu des anges, qu'elle en voyait toujours, mais elle s'était vite rendu compte qu'elle n'avait aucune chance de faire avaler son histoire à ce juge redoutable qui connaissait son catéchisme par cœur et ne semblait pas du tout impressionné par la grâce « spéciale » qui l'avait touchée. Il était trop fort pour elle. Sagement elle courba la tête, jusqu'à cette menace à peine voilée de passer l'éternité en enfer qui la fit craquer. Le curé dut la consoler à nouveau mais cette fois, sans trop d'aménité. Bon! La cause était entendue. Il la pardonnait volontiers en attendant qu'elle vînt se confesser. Il lui donnerait l'absolution, à condition qu'elle ait le ferme propos, n'est-ce pas? Donc plus de folies et surtout plus de spectacles publics. Autrement, il irait lui-même sur la Butte lui tirer les oreilles et lui faire avouer devant tout le monde quelle sorte de menteuse elle était.

La sainte promit de ne plus recommencer son manège et le curé la laissa enfin partir en lui recommandant de continuer à être une bonne élève, de bien étudier comme par le passé et de se contenter de faire honneur à ses parents par sa piété et ses bonnes notes. Quant à son père, ce qu'elle pouvait faire de plus utile pour lui, c'était encore de prier pour qu'il s'amende avant que la police ne lui mette la main au collet, car alors... Le curé se tut, laissant planer la menace. Soulagée que l'interrogatoire prenne fin, et peut-être pour se rendre intéressante, la petite demanda s'il était bien vrai qu'on va en enfer quand on meurt en état de péché mortel.

— Hélas! oui, mon enfant.

Elle fit une grimace et s'en alla, plongée dans un dilemme affreux, torturée par deux pensées absolument irréconciliables : laisser son père continuer ses combines et se damner, ou le dénoncer pour sauver son âme et signer sa propre perte. Deux perspectives terrifiantes. Elle vivrait l'enfer tant qu'il serait en tôle et crèverait peut-être quand il en sortirait... Bel avenir...

C'est en ruminant ce problème épineux qu'elle fit lentement le chemin du retour pour réaliser tout à coup qu'on était un samedi. Dans l'énervement de l'entrevue, elle l'avait complètement oublié.

En principe, elle devait, comme d'habitude voir ses anges à deux heures. Elle fut prise de panique. Qu'allait-elle faire? Elle ne pouvait passer outre à la promesse qu'elle venait de donner, mais comment se soustraire? Au bord de la crise de larmes, elle courut se réfugier dans le giron de la bonne Jeanne, qui la calma peu à peu et notant ses mains moites, son visage blêmi par toutes ces émotions, lui trouva très mauvaise mine. Couvait-elle une mauvaise grippe? Elle était toute frissonnante! Avait-elle mal quelque part? Allons au lit, mieux vaut prévenir que guérir!

Malgré elle, on apportait une solution au problème de la sainte. Aujourd'hui, du moins jusqu'à trois ou quatre heures, elle resterait au lit. Brisée par les émotions, elle s'endormit bientôt, accréditant la thèse de la maladie. Zèbe, qui venait d'arriver, s'inquiéta de trouver son enfant au lit à cette heure. Il préviendrait lui-même les curieux. Après tout, même les saints ont le droit d'être malades, non ? Et il se chargea d'informer les gens, peu nombreux d'ailleurs, que sa petite n'était pas bien du tout. La déception fut grande, mais l'inquiétude plus encore. Assez pour que Zèbe propose un remontant aux braves gens qui avaient fait le trajet en vain ! Scandalisés, la plupart déclinèrent une invitation aussi saugrenue. Un cynique toutefois, il s'en trouve toujours, accepta de venir trinquer chez le contrebandier.

Ce que Zèbe n'avait pas prévu, ou ce dont peut-être il ne se souciait guère, c'est que la sainte ne dormait plus. De dégoût elle se retourna sur sa couche, face au mur. C'en était cette fois, vraiment trop. Il avait dépassé les bornes ultimes de sa tolérance. Malgré tout, malgré le curé, elle irait jusqu'au bout de son devoir. Se servir d'un pareil prétexte pour faire boire un « pèlerin » appelait un châtiment tellement terrible qu'elle devait à tout prix en arracher son père. Encore une fois, l'objectif était net, mais les moyens de l'atteindre sans se condamner elle-même... Au curé, elle avait pu parler sans crainte, parce qu'elle savait les choses dites au confessionnal muettes à jamais. Les sœurs avaient à ce sujet raconté des histoires épouvantables où de saints prêtres torturés jusqu'à la mort avaient néanmoins emporté dans leur tombe le secret de la confession.

Elle n'avait toutefois jamais entendu dire qu'aucun policier ait eu à subir pareil traitement. Il n'était donc pas question d'aller raconter son histoire à l'un d'eux. D'ailleurs, le seul qui fût dans son rayon d'action était le constable municipal et, sous aucun prétexte, elle ne serait assez bête ou assez mal prise pour lui faire confiance. Elle voulait bien sauver son père, mais n'était pas pour autant candidate au suicide. Pour éviter d'éveiller ses soupçons, il fallait lui faire croire qu'un de ses vendeurs l'avait donné. Il ne restait donc que la lettre anonyme. Mais pour qu'on la prît au sérieux, il lui faudrait donner beaucoup de précisions. Autrement, on ne prendrait même pas la peine de vérifier la véracité de ses dires. Voilà pourquoi elle s'applique. Trop peut-être...

Elle donna d'abord le secret du code, assez grossier d'ailleurs. Zèbe avait imaginé se faire passer pour un marchand de porcs, commerce qui devait d'ailleurs être sa couverture. Ainsi, les indiscrets qui écoutaient aux lignes à multiples abonnés n'y verraient que du feu. Le client demanderait une truie, c'est-à-dire une canistre, une pinte serait un petit cochon. Coupé voudrait dire réduit, pas coupé, non réduit. En réalité, les appels étaient presque toujours les mêmes : « Tu diras à ton pére que j'ai besoin d'une truie avec dix p'tits cochons pas coupés. » La sainte, qui n'était pas bête, avait vite compris. Quant aux agents elle en dressa une liste fidèle, incluant le numéro de téléphone de ceux qui l'avaient. Puis elle énuméra du mieux qu'elle pouvait toutes les cachettes où les Pouilleux dissimulaient leur stock. Enfin elle termina en insistant sur les motifs d'un acte qu'elle posait dans l'intérêt des contrebandiers en rupture avec la loi des hommes mais surtout celle de Dieu et des pauvres malheureux qui se ruinaient en enlevant le pain de la bouche de leurs enfants. Après avoir beaucoup cherché, elle signa: « Une bonne chrétienne » et elle adressa sa lettre à monsieur Gustave Gagnon, police, rue Principale, Saint-Théophile.

Dix jours plus tard, alors qu'elle croyait qu'on avait pris sa lettre pour une fable et qu'elle commençait à se résigner enfin à voir son père continuer ses activités — après tout, si le curé et la police ne voulaient rien faire, elle ne pouvait tout de même pas redresser seule la situation — l'irruption, à sept heures du matin, de trois policiers dans sa demeure la tira du sommeil.

Le Zèbe crâna un peu, mais quand il vit ouvrir ses fausses trappes, déplacer ses madriers, quand il vit des agents revenir des bâtisses avec des canistres dans chaque main, quand, enfin, il vit ses frères menottes aux poings, encadrés par les « montées », il comprit qu'il avait été vendu. Le lieutenant Gagné triomphait. C'était la prise de sa carrière, de quoi le faire monter en grade.

— J'te l'avais dit, mon Zèbe, qu'un beau matin j'te pincerais les culottes à terre. Ben c'est à matin le beau matin!

— Tu m'arais jamais eu de ta maudite vie, si j'arais pas été trahi!

Puis il proféra une menace terrible:

— J'vas r'sortir. Tu me garderas pas toute la vie. Pis là, j'vas t'dire rien qu'une chose: celui-là qui m'a fait ce coup d'cochon-là, i' est mieux de fére son aque de contrition, parce que c'est pas à l'hôpital qu'i' va s'ramasser, c'est au ciméquiére!

Il n'avait plus rien à dire. La sainte le vit partir entre deux policiers, le lieutenant Gagné derrière. Elle eut un pincement au cœur... Au même moment, d'autres policiers envahissaient les demeures de tous les agents de Zèbe. Quelques-uns seulement qui manquaient momentanément de «contrebande» s'en tirèrent. En tout une dizaine d'arrestations. Une opération policière sans aucun précédent dans le comté. D'un seul coup et grâce à des renseignements d'une précision inouïe, tout le réseau était démantelé et la majorité des comparses prenaient le chemin de Rimouski.

Pendant des jours et des jours, on ne parla plus que de cela. On spéculait particulièrement sur la durée des emprisonnements. On s'inquiétait de la sévérité légendaire du juge. Mais, surtout, on se demandait bien qui avait pu mettre ainsi la police sur des pistes aussi précises. Après avoir fait le tour de la question, on en était arrivé à la conclusion que la délation ne pouvait venir que d'une femme des Pouilleux. Qui d'autre, en effet, aurait pu si bien renseigner le lieutenant? Un secret n'étant jamais gardé qu'un certain temps, on apprit bientôt que c'était le gros Gagnon qui avait prévenu le lieutenant. Mais oui... Ça leur revenait maintenant... il avait pris le train, il y a une dizaine de jours. On sut à la gare qu'il était allé à Rimouski, ce qui accréditait tout à fait la version voulant qu'une Pouilleuse, sans doute la Marie chez qui Gustave fréquentait, l'avait mis dans le secret sans penser à mal; l'amour... l'oreiller, le whisky... Dépassé par les événements, Gustave était allé vider son sac dans le bureau de Gagné.

À la Butte, la consternation régnait. Les épouses se regardaient avec suspicion, se demandant, sans le dire tout haut, laquelle de ces vaches avait eu le cœur d'envoyer leurs hommes en prison. Puisque ça ne pouvait venir que d'ici, il fallait bien que la coupable fût ici! La Marie-couche-toi-là? Elle en aurait bien eu le courage, mais où aurait été son intérêt? La Jeanne? Jamais!!! Elle adorait Zèbe. La Berthe? Bien trop froussarde! La Rose? Peut-être bien... C'est elle qui avait toujours eu la langue la plus acérée, cette vipère! et bien que le steak ait pris la place du balogna sur sa table, elle n'avait jamais cessé de chialer, de rechigner, de réclamer l'autorité suprême pour l'Antime. N'était-il pas l'aîné? Pourquoi devait-il prendre des ordres d'un parvenu sept ans plus jeune que lui? Oui... ça devait être cette chipie. Ou la Félicité peut-être... Après tout, c'est la seule qui était «indépendante». Mais, où était son intérêt... pour quels motifs?... Non, ça devait être la Rose. Personne ne pensait soupçonner la sainte, qui, l'air marri, informait tout le monde qu'elle faisait une neuvaine très, très, très spéciale pour son cher papa et ses bons mon-oncles. On la regardait avec une compassion émue... cette petite... si brave... qui ne faisait même pas mention de l'effet destructeur de cette abominable équipée sur sa si belle et si grandissante réputation. Mais, c'était une sainte... elle le prouvait bien dans le grand malheur qui la frappait...

9

Ce beau stoïcisme de la sainte n'empêchait pas la petite ville de continuer à s'agiter fébrilement. D'un bout à l'autre de la paroisse, on ne parlait toujours que du coup de filet extraordinaire que la police avait réussi et qui avait révélé l'importance des affaires que Zèbe brassait. Jamais on n'aurait pu penser qu'il avait mis sur pied une pareille organisation. Si on l'avait laissé opérer quelques années de plus, il serait immanquablement devenu un des citoyens, sinon le citoyen le plus riche de Saint-Théophile. Il avait du mérite, ce Zèbe Préjean... Partir de rien et en quelques années brasser mille, peut-être quinze cents dollars par semaine, y a pas à dire, il avait beau être un voyou aux termes de la loi, il n'en restait pas moins un petit gars très intelligent, très capable, ce Zèbe.

La sainte a de qui tenir, du moins du côté de l'intelligence. Ce n'est pas pour rien qu'elle est une première de classe... avec un pareil père. Seulement, après ce qui vient d'arriver, on se demande quand les apparitions vont continuer.

Mieux vaudrait peut-être se demander s'il va y en avoir encore, des apparitions. Faut pas oublier que samedi passé elle ne s'est pas montrée la face, pas plus que le samedi d'avant.

— D'après moé — c'est le postillon qui parle — les anges ont senti v'nir le vent. Ça sait toutte, les anges, pis ben avant nous autres.

Voilà pourquoi il n'y a pas eu de séance depuis trois semaines. Voilà pourquoi il n'y en aura plus. Après tout, les anges ne fréquentent pas les repris de justice ou leur famille. Autrement, où irait-on ? à quoi ça servirait d'être bon catholique ?

Pendant que les gens statuaient sur son sort et péroraient sur le destin de sa fille, Zèbe attendait en prison l'instruction de son procès. Il avait hâte de connaître la sentence, uniquement pour commencer le compte à rebours. Il lui pressait de savoir combien de jours le séparaient de la vengeance. Pour le moment, voilà tout ce qu'il avait à dire à ses complices qu'il voyait en récréation et qui ne manquaient pas de lui faire sentir qui leur déception, qui leur désarroi. Étant tous à leur premier emprisonnement — et pour cause, Zèbe n'aurait voulu à aucun prix d'un récidiviste dans son organisation — la plupart s'accommodaient très mal de la captivité, mais supportaient plus mal encore la tache faite à leur nom. Peut-être pas pour eux, car il n'y avait pas beaucoup de bois de calvaire dans le lot, mais pour les femmes et les enfants. Ils savaient trop bien le sort qu'on leur réservait: les fréquentations terminées ; les fiançailles rompues ; la classe qu'on doit quitter parce qu'on ne peut plus endurer le sarcasme, voire les coups ; le mépris des instituteurs ; les amis qui tournent la tête, ou changent de trottoir en vous voyant venir ; le vent fétide de la calomnie qui charrie les injures, les faussetés, les exagérations ; les marchands qui ne veulent plus faire crédit ; les employeurs qui refusent le fils ou la fille d'un forçat. Voilà la perspective qui s'offrait aux familles des complices de Zèbe. Et ils étaient incapables de faire un seul geste utile pour remédier à la situation. Il y avait de quoi leur rendre la prison insupportable.

Zèbe ne semblait pas la trouver pénible. Il ne paraissait même pas s'ennuyer. En fait, il avait l'air absorbé au point d'oublier le temps, les gens et les lieux. À peine parlait-il à ses frères, et jamais pour se plaindre ou déplorer la perte d'une si belle organisation, seulement pour vérifier un indice. Il n'avait de temps que pour chercher à s'expliquer la trahison et découvrir le coupable. Ce ne fut pas très long : le temps d'éliminer un à un tous les suspects. Un matin à son réveil, il dit simplement à ses frères qui partageaient sa cellule :

— J'ai jonglé à mon affére, pis j'sais qui c'est qui nous a vendus.

Ses frères insistèrent pour obtenir des précisions, mais ce fut peine perdue. C'était lui, Zèbe Préjean, qui les avait embarqués dans cette sale histoire, c'était donc à lui, à lui seul de faire le ménage. Et il n'en parla plus... jamais.

On aurait pu espérer que la découverte du coupable lui rende sinon la joie, du moins une certaine sérénité, mais il n'en fut rien. Au contraire, la certitude qui l'habitait maintenant le rendait de jour en jour plus morose. Même ses frères n'osaient pas l'arracher à ses rêveries. Il mangeait à peine. Le soir, il restait étendu de longues heures à fixer le plafond sans même chercher un sommeil qui le fuyait de plus en plus. Le procès même ne réussit pas à le tirer de son apathie. Il écouta, indifférent, tomber les sentences. Chaque comparse écopa de six mois de prison. Chacun de ses frères fut condamné à un an : sentences pusillanimes que le juge regrettait. Mais il n'avait pu s'empêcher de penser à leurs femmes et à leurs enfants punis malgré eux. Il avait dû tenir compte du contexte économique particulièrement difficile dans lequel on vivait. Voilà ce qui justifiait sa clémence. Autrement, son jugement aurait été dix fois plus sévère, car il n'y a pas de châtiment assez rigoureux pour un chrétien capable d'exploiter sans vergogne le vice le plus infamant qui puisse être. Avaient-ils seulement songé, ces tristes voyous, aux malheurs que pendant plus de deux ans leurs menées inavouables avaient fait subir à des mères de familles et à des enfants qui par leur faute avaient manqué de nourriture, de vêtements et qui, par surcroît, avaient dû porter au front la honte qu'un ivrogne impose aux siens ? Avaient-ils calculé combien il en avait coûté à l'État pour mettre fin à leur trafic scandaleux ?

Monsieur le juge, qui tient là une de ses grosses affaires, déploie très large les ailes de son éloquence et ses envolées oratoires atteignent des sommets intéressants. Le procureur de la couronne qui a donné un réquisitoire impitoyable approuve de la tête, de tout le corps d'ailleurs. L'avocat d'office nommé pour défendre les cri-

144

minels a présenté une défense prudente… pour lui, et écoute avec toute la déférence due à l'homme qui tient entre ses mains le glaive de la justice. Ce qui n'empêche pas Zèbe d'être à mille lieues du prétoire. Cette éloquence savante le laisse indifférent, ou plutôt, elle lui rappelle les vaines menaces de ses adversaires qu'il a envoyés au tapis. Il voudrait bien la rencontrer sur son terrain, cette grosse pâte flasque et blême. Il la pétrirait à son goût, lui, Zèbe Préjean. Et toute la haine que, depuis son enfance, il nourrit à l'endroit des riches qui forcent les pauvres à se prostituer, à se salir, à s'éreinter et qu'il avait oublié un peu trop vite en se joignant à eux, remonte en lui impétueuse, invincible.

« Un an d'emprisonnement plus les frais, ou à défaut de payer, dix-huit mois. » Voilà la sentence de Zèbe. Il ne paiera pas un sou noir, dût-il rester toute sa vie derrière les barreaux.

« Alors ce sera dix-huit mois. »

Et le maillet retombe sur la chaire. Toutefois, devant ce sursaut de révolte, le juge ne peut s'empêcher de reprendre ses vocalises. Pour se griser lui-même ? Peut-être. Pour faire voir aux avocaillons pourquoi il y a des juges et de simples procureurs ? Peut-être bien. Pour impressionner les journalistes et les badauds ? Sans doute. Mais surtout pour enlever à tous les comparses le goût de revenir jamais devant lui. Car alors il n'y aura plus de pitié. Le glaive sera manié avec une sévérité sans précédent. Rien, ni personne, n'empêchera cet homme étonnamment magnanime aujourd'hui d'appliquer la loi dans toute sa rigueur. Quant au responsable, chez qui, même en scrutant à la loupe, il n'arrive à percevoir aucune trace de repentir, il le prévient quand même charitablement : « Que ceci lui serve de leçon, car si jamais il récidivait, il vaudrait mieux pour lui n'être pas né !!! » Devant l'énormité de la menace, Zèbe se contente de sourire : le bonhomme a cassé sa bride ! Geste impudent qui fait définitivement perdre patience au tout-puissant, habitué à être écouté avec respect et déférence. Il enfle la voix et, puisant jusqu'au tréfonds de son éloquence au risque de la tarir à jamais, il va atteindre à l'acmé de son art, quand Zèbe l'interrompt brutalement :

— Ça va fére pour les sarmons là, ostie d'calisse ! Donne-moé cinq ans, donne-moé dix ans mais pour l'amour du Bonyeu farme ta crisse de gueule ! Si tu penses me fére peure avec tes tarmes à queue pis ta soutane de civil, t'as pas frappé le bon homme. Pas une maudite miette ! Pis laisse-moé t'dire une chose, l'pére, si t'arais pas un tas d'polices pour te défendre, tu dirais *monsieur* à Zèbe Préjean, pis pus vite que tu penses, à part de ça. Tu fais... »

Un violent coup de matraque empêcha le Zèbe de poursuivre. À moitié assommé, il s'ébroue un peu, se relève et crachant un juron grandiose, il se jette avec frénésie dans le tas de policiers qui veulent le faire taire. Un spectacle sublime. Jamais le Zèbe ne s'est battu aussi bien. Jamais il n'a cogné aussi dur, aussi vite et à des endroits aussi indécents, toutefois, malgré ses efforts titanesques, le nombre et les « mains de justice » l'écrasent enfin, inconscient. Aussi n'entend-il pas le juge, bégayant

146

de colère, qui ne peut tolérer que l'enceinte soit ainsi violée — à croire qu'elle pouvait être ainsi enceinte sans jamais l'avoir été — et qui porte la peine à deux ans.

L'Udore qui, comme tous ses frères, s'est contenu à grand-peine durant la bagarre, hurle à l'injustice. Le juge furibond le cloue sur place: six mois de plus pour cette fripouille qui ose interrompre le cours de la justice! Solennel, l'Antime se lève et déclare au juge: «C'est connu. Un cochon, c'est un cochon. » Six mois de plus pour ce scélérat impénitent. Qui en veut encore?

— Moé icitte, l'Uclide Préjean! J'veux la même ration que mes p'tits fréres.

— Soit! répond le juge. Six mois de plus et qu'on me vide les lieux avant que je ne perde vraiment patience. Faites également évacuer la salle qu'on travaille enfin en paix!

Zèbe qui revient à lui éclate de rire:

— I' appelle ça travailler, lui!! Ah ben calvaire! J'ai mon voyage!

Malgré les coups de maillet déments assénés par Son honneur Émile Monbouquette, la salle prolongea très longtemps le rire sonore de Zèbe et c'est dans une pagaille vraiment païenne que s'acheva un procès qui devait faire époque dans les annales de la petite ville.

Tuméfié, écorché, endolori des pieds à la tête, Zèbe laissa ses frères le débarbouiller pendant que sa joie éclatait:

— Non mais, on leu-z-a tu montré ce que c'était des Préjean, mes p'tits fréres! On leu-z-a tu montré à mon goût!

— T'êt' ben, mais on a touttes pogné six mois de plusse avec ces p'tits jeux-là. Tiens-toé tranquille pour l'amour! Autrement on r'sortira pus d'icitte!

— J'm'en sacre! Ça valait ça!

Philosophe, l'Antime déclare:

— C'est connu. Hivarner icitte, ou ben hivarner alieurs...

Voilà évidemment une sentence capable de clore l'affaire.

Comme coup d'entrée, c'était réussi. Les associés des Pouilleux connaissaient certes les talents pugilistiques de Zèbe, mais les autres détenus: quelques petits voleurs, une brute qui avait battu sa femme un peu trop vigoureusement, un salaud qui avait engrossé sa fille, quelques braconniers surpris à vendre de la viande d'orignal — échantillonnage assez fidèle des criminels du temps — se mirent, après cet exploit, à lui témoigner un respect plein d'admiration et de prévenance. Surtout qu'une fois l'euphorie du défoulement passée, Zèbe retomba dans son mutisme. Quand l'Udore ajouta, pour le bénéfice des curieux, que malgré ses deux cent cinquante livres, il ne voudrait jamais «tomber dans les pattes à Zèbe», alors ce fut l'obséquiosité la plus servile. Zèbe n'en profita toutefois pas et se contenta d'éconduire les adorateurs. On le laissa vite en paix, même ses frères, de sorte qu'il put poursuivre la réflexion qui visiblement le hantait et qui semblait le faire vivre hors du temps et des lieux. Se contentant de marquer à la craie les jours qui passaient monotones, vides, assommants de routine, aérés seulement par la sortie des écroués qui partaient pour faire place bientôt à un autre ivrogne qui avait fracassé une fenêtre de magasin ou à un miséreux qui s'était laissé prendre à chaparder, Zèbe « jonglait ». Parfois, un trimardeur affamé, incapable de payer une chambre et trop sale pour qu'on lui en ouvre une, venait coucher en prison et racontait la misère des grandes villes. Des lettres arrivaient, sporadiques, qui racontaient, en essayant de la minimiser, la gêne qui s'était installée à la maison depuis le départ de l'homme.

Chaque mois, la sainte adressait un petit mot à son cher papa, lui donnant brièvement des nouvelles de la famille, lui proclamant le grand amour qu'elle avait toujours pour lui et l'assurant de ses prières les plus ardentes. Jeanne ajoutait quelques lignes maladroites, émues, tendres. La sainte ne parlait jamais de son commerce avec les anges. Ce fut l'Uclide qui informa Zèbe qu'elle n'avait plus d'apparition, en tout cas plus en public. Si les anges la visitaient toujours, c'était incognito et le secret était bien gardé. Zèbe rétorqua que les anges sont comme tout le monde, bien trop couillons pour frayer avec une famille de repris de justice, au su et au vu de tout un comté. Antime renchérit:

— C'est connu... J'vous l'ai toujours dit que la religion, ça voulait pas d'la marde...

Petit à petit, les jours que Zèbe continuaient d'aligner sur le mur de la cellule s'égrenaient. Au fond, plus vite qu'il n'aurait cru, car déjà ses disciples venaient prendre congé. Un seul offrit sa coopération au cas où il déciderait de repartir en affaires. Zèbe ne dit pas non et précisa qu'avec le temps qu'il lui restait à tirer, il se faisait fort de mettre au point un système qui défierait bien Gagné ou un plus futé que lui. C'est donc ça qu'il mijotait, pensèrent ses frères qui lui offrirent sur-le-champ de coopérer.

«Dans l'temps comme dans l'temps», dit Zèbe avec un geste évasif. Enfin, ce fut au tour des Pouilleux de partir. Non, ils n'avaient pas à s'inquiéter pour Zèbe. Il purgerait le reste de sa peine comme un grand garçon. Inutile de s'apitoyer sur sa solitude. Il valait mieux garder des prières pour le coupable, il en aurait besoin plus que lui...

Zèbe resta seul, car il ne voyait pour ainsi dire pas ses nouveaux compagnons de cellule. L'un d'eux, qui se prêtait une réputation et ignorait celle de Zèbe, se permit un jour de lui reprocher ses airs distants, son mutisme agaçant. Pour qui se prenait-il à la fin? Sans même le regarder, Zèbe se tira de sa couche et appela le gardien qui arriva au pas de course. «Oui, monsieur Préjean!» S'il ne voulait pas que le gros lard qui venait d'arriver prenne le chemin de l'hôpital, il avait intérêt à le transférer. «Vite fait, monsieur Zèbe!» Un minuscule, tout minuscule voleur prit la place. Quelques jours plus tard, le susceptible vint s'excuser. Il ne savait pas, il ne pouvait pas savoir à qui il avait affaire. Il espérait bien que monsieur Préjean ne lui en tiendrait pas rigueur... Bon prince, Zèbe lui répondit seulement qu'il avait d'autres chats à fouetter et qu'il n'avait plus à se faire un nom en corrigeant un morveux de plus. Enchanté d'une indulgence aussi chaleureuse, le malotru se retira en remerciant cordialement et en jurant un ferme propos à toute épreuve. Ben... il faut ce qu'il faut non? Un homme qui bat quatre policiers en pleine cour, ça commande le respect. Même à un coq de village. Non?

Enfin, le jour de l'élargissement de Zèbe arriva. Un peu maigri, un peu plus grisonnant, il prit le train local et s'installa sur une banquette d'où il voyait venir le paysage. Zèbe avait toujours aimé voir venir... Pour rester seul, il mit son paqueton près de lui. Personne ne l'invita à le déplacer: un coup d'œil suffisait pour constater que le client ne devait pas être commode et qu'il semblait préférer la solitude. Sans jamais regarder le va-et-vient, sans adresser un mot à personne, Zèbe laissa défiler les villages, les champs, les bosquets que la locomotive trouait rapidement, le lac qui s'étirait à gauche, puis se dérobait, quelques mornes dont certains semblaient tomber sous le train, enfin le clocher de Saint-Théophile. Le conducteur vint le prévenir qu'on arrivait.

Zèbe sauta sur le promenoir, dans les bras tendus de ses p'tits frères qui l'attendaient. Ils avaient déjà le cœur en fête et tout naturellement, Zèbe les suivit à l'hôtel:

— Dans la cave! J'veux pas d'problèmes aujourd'hui!

Il reviendrait chez les « spôtes », mais à son heure... qui n'était pas aujourd'hui. La rentrée de Zèbe provoqua le silence. Puis, petit à petit, on entendit un murmure confus remplir à nouveau le tripot. Peu à peu, l'atmosphère se mit à se réchauffer. L'accueil devint plus cordial, quoique toujours empreint d'une certaine inquiétude. On aurait bien voulu connaître les sentiments de Zèbe. Était-il tout à la joie des retrouvailles ou tout à la hâte de la vengeance? Et si tel était le cas, aurait-il le goût de se faire un peu la main avant le grand finale?

Dehors, tout le village bruissait du retour de Zèbe. Tous les oisifs, les chômeurs, les retraités, les gamins couraient matin et soir à l'arrivée du Local. C'était un rite immuable qui tranchait la journée en deux et fournissait aux curieux le pain de la chronique journalière. Comme bien l'on pense, la rentrée du Pouilleux numéro un, redoutable bandit qui venait de purger deux années de pénitencier, ne pouvait passer sous silence.

À l'hôtel, Zèbe ne faisait toujours rien pour calmer les appréhensions, rien non plus pour les aviver. Il se contentait de saluer les gens qui le saluaient et de répondre brièvement à ceux qui le questionnaient intelligemment, c'est-à-dire qui évitaient de lui rappeler sa retraite fermée. Il avait suffi de remettre un importun à sa place en lui précisant qu'il avait eu assez de les vivre, ces deux années, sans en parler en plus à ceux que, de toute façon, cela ne concernait pas. Un autre maladroit avait fait porter une tournée à sa table. Zèbe la refusa en expliquant qu'il avait encore les moyens de payer ses consommations et il précisa: «plus que le rampant qui la lui offrait». Peu à peu donc, la salle put tâter l'humeur de Zèbe: il était toujours aussi fier, pas plus servile qu'auparavant et ceux qui croyaient qu'un séjour à l'ombre aurait pu assouplir son caractère pouvaient déchanter. Si le Zèbe avait vieilli un peu de la croûte, l'intérieur était toujours aussi coriace. En fait, le seul terrain sur lequel Zèbe fut conciliant fut celui de la reprise éventuelle de ses affaires. À un jeune loup qui lui demanda s'il avait l'intention de se « repartir », Zèbe riposta qu'il n'y voyait pas d'empêchement. Certainement il pouvait rebâtir son réseau, en mieux, en plus grand, surtout en plus étanche. D'ailleurs, quand il en aurait fini avec celui qui l'avait donné, l'idée passerait définitivement à tout le comté de le dénoncer une autre fois.

À ce propos, Zèbe rappela à ses frères qu'il n'avait pas l'intention de moisir à l'hôtel. Certes, il avait soif, terriblement soif, mais il ne fallait pas oublier qu'il avait un compte à régler. Il peut quand même prendre un verre avec eux qui sont si contents de le voir enfin de retour ? Zèbe approuve d'un geste et demande s'ils n'auraient pas idée d'où vient la trahison. Embarrassés, ils répondent que non. Zèbe sourit et dit :

— Ça confirme c'que j'pensais.

Évidemment, ses frères ne savent pas ce qu'il pense mais, selon eux, et il peut les croire, ils ont mené une enquête minutieuse et il paraît bien difficile d'établir avec certitude d'où le coup est venu. Pour souligner ce grand doute, l'Antime déclare :

— C'est connu. Une lette unanime, c'est une lette unanime.

Les écrits restent, Antime. C'est connu ! Et, pour avoir donné tant de précisions, cette fameuse lettre devait bien avoir dix pages, n'est-ce pas ? Si de plus, on admet que ses associés savent à peine écrire leur nom, il faut bien les éliminer. Il reste donc logiquement ses frères et leurs femmes. Or ces dernières ne connaissaient pas la moitié des agents, encore moins leurs numéros de téléphone et leurs adresses.

Enfin, ses frères ont été embarqués. Alors...
Alors, ils ne voient toujours pas très bien...
Zèbe voit, lui: ils n'ont jamais regardé, ou feignent n'avoir jamais regardé dans sa propre maison. Tous trois protestent, offusqués ou feignant de l'être. D'un juron, Zèbe les ramène à l'ordre et ajoute simplement:

— J'sais c'que j'dis!

Et il enchaîne qu'à moins de lui apporter des preuves absolument irréfutables, c'est-à-dire rien moins que celui ou celle qui a écrit la lettre, Zèbe continuera de croire ce qu'il a cru depuis son incarcération. Pas de commentaires? Non... Alors Zèbe sait ce qu'il lui reste à faire.

Ses frères eurent beau insister, tout ce qu'ils obtinrent c'est qu'il prit un verre de plus avec eux. Quand il eut fini, il se leva et, leur interdisant de le suivre, leur recommanda de garder sa place bien chaude. Dans une petite heure, il serait de retour et alors, Saint-Théophile verrait ce qu'il verrait. Rien moins que la « brosse » du siècle. Mais avant, il fallait libérer sa conscience sinon ça ne passerait pas. Il aurait le vin triste ou vindicatif et il ne voulait pas se lamenter devant le monde, pas plus qu'assommer la moitié du village. On lui fit promettre de ne pas faire de bêtise. Zèbe les rassura: il n'avait l'intention de tuer personne. Il devait seulement faire passer aux traîtres le goût de vendre Zèbe Préjean. Autrement il n'oserait plus se montrer la face dans la grand-rue. Il aurait trop honte. Bon. Assez parlé. À tout à l'heure.

Zèbe parti, les frères serrèrent les chaises et, coudes sur la table, baissèrent la voix. Ce qu'ils avaient à dire était grave et ne devait à aucun prix tomber dans une oreille d'ivrogne, autrement dit, de bavard. On les laissa en paix. C'est d'ailleurs le départ un peu précipité de Zèbe qui retenait l'attention, car le chef des Pouilleux n'était pas homme à laisser une bouteille à moitié pleine, même pour aller sauter une bonne femme qu'il n'avait pas touchée depuis deux ans, douze jours et quelques instants. Non. Zèbe devait avoir une affaire urgente à régler. Quant aux petits frères, ils se creusaient les méninges pour savoir si Zèbe voyait juste et, le cas échéant, comment il était arrivé à la bonne conclusion. On avait bien peur que si. Et sans aucun secours. Oua, une « bolle » le Zèbe. Puis ils s'inquiétèrent sur le sort qu'il réservait à la coupable. Pourvu qu'il ne cogne pas trop fort. C'est connu, un estomac double, c'est un estomac double. Cependant Zèbe avait promis et Zèbe n'avait qu'une parole. Oui, mais... un homme qui ne connaît pas sa force...

Les frères étaient ainsi ballottés entre la mort ou l'hospitalisation de la moucharde, quand Éphrem, le fils aîné de l'Antime, âgé maintenant de vingt et un ans et qui avait droit d'entrer à l'hôtel, arriva, blême, essoufflé, la voix haletante.

— Venez vite, y a eu un malheur!

— Ça y est, i' s'est échappé. I' a fessé trop fort.

Tous cinq se hâtèrent de sortir. Sans hésiter, ils prirent la direction de la maison de Zèbe. Ils savaient que c'était là que le drame s'était joué. Ils firent le parcours en silence. Jamais Udore n'avait roulé si vite dans le village. Quarante à l'heure, au moins! Ils allaient s'engouffrer au pas de course dans la maison quand le curé, qui marchait avec le docteur devant la porte, leur barra la route.

10

Zèbe était arrivé en coup de vent. Ouvrant
la porte d'un coup de pied, il avait crié :

— Ousse qu'all'est ?

Morte de peur, la sainte était assise au fond
de la cuisine, essayant de lire un livre de classe
qui tremblait dans ses mains moites. La voyant,
Zèbe sembla se calmer un peu. Repoussant sa
femme, il tonna :

— Vous autes... allez jouer dehors !

Les plus vieux entraînant les plus jeunes,
tous les enfants déguerpirent. Le petit dernier,
qui ne se rappelait même pas son père, se mit
à chialer. Zèbe ne tourna seulement pas la tête,
tenant son regard vrillé dans celui de la sainte
qui bégayait :

— C'était pour ton bien, papa !

— M'as t'en fére du bien, moé, p'tite crisse
de vache ! Si tu jases encore avec tes anges, c'est
l'temps d'l'eux d'mander du secours, parce que
quand j'vas avoir fini avec toé, tu vas être bonne
pour le paradis, la sainte !

Il s'était rapproché d'elle et lui flanqua une telle gifle qu'elle revola littéralement dans le fond de l'appartement où elle se recroquevilla comme une chatte, pieds et poings devant pour se protéger. Zèbe la souleva comme un fétu et s'asseyant au milieu de la pièce, la planta à genoux entre ses jambes.

— Asteure tu vas toutte me dire! J'veux toutte savoir avant d't'tuer. Envoye, parle! J't'écoute!

Pendue à son cou Jeanne pleurait, suppliait. Zèbe la balaya du revers de la main et précisa:

— Mêle-toé pas d'ça, la femme! Si tu l'avais élevée comme les autes, ta maudite sainte, a m'arait aidé plutôt d'me trahir!

Gifle après gifle, la sainte refit toute la lettre anonyme. Elle expliqua comment elle avait compris le code, noté les numéros de téléphone des agents, espionné les conversations pour deviner les endroits où il cachait son stock, comment elle avait été amenée à prendre sa décision, même sa confession et sa visite au curé, tout. Et les lettres qu'elle lui avait écrites chaque mois, ne comprenait-il pas que c'était pour lui demander pardon, lui dire qu'elle l'aimait... Son visage brûlait et la peur, à en faire dans son slip, lui tiraillait la poitrine, lui remuait les tripes. Elle promit de ne plus jamais recommencer, jura de tenir désormais sa langue, de l'aider à recommencer.

« T'en auras pas l'occasion » cracha Zèbe qui dénouait sa ceinture. La petite, éperdue, tenta de s'enfuir. Le geste exacerba la colère de Zèbe qui la rattrapa, la projeta sur le parquet et se rua sur elle. Il levait son poing énorme quand un coup violent l'atteignit derrière la tête. Tout s'embrouilla, puis avec un haut-le-cœur Zèbe chavira dans l'inconscience.

Jeanne cria alors à sa petite de se sauver avant qu'il ne revienne à lui. Mais Zèbe ne revint pas. Penchée sur lui, Jeanne le lavait à l'eau froide, le secouait, le suppliait de reprendre ses sens, mais Zèbe ne l'entendait pas. Au bout d'une dizaine de minutes peut-être, après que le vinaigre se fut révélé inutile, affolée, à moitié démente, Jeanne hurla à l'opératrice de lui donner le docteur. Une quinzaine de minutes plus tard, celui-ci trouvait Zèbe étendu, sa femme s'acharnant toujours à le ranimer. Il la releva difficilement, la força à s'asseoir et s'agenouillant à son tour, ausculta Zèbe, mit l'oreille sur sa poitrine, puis stupéfait, un peu hagard, se releva et dit :

— Mais il est mort, madame !

Il dut à nouveau arracher Jeanne qui s'accrochait à Zèbe et le secouait en le suppliant de revenir. Le docteur réussit une fois encore à l'asseoir, lui fit prendre un calmant, lui fit promettre de se tenir tranquille et appela le curé.

Puis il commença tout doucement à questionner la pauvre femme qui à travers ses sanglots s'obstinait à répéter :

— I' est tombé. C'est un accident !

Le docteur savait bien qu'on ne s'afflige pas une telle blessure en tombant. Il chercha. Le tisonnier gisait sur le parquet, près de la table. Ce n'est pas l'endroit où l'on place un tel objet. Le docteur comprenait maintenant comment. Mais pourquoi ? Pourquoi une femme qui a toujours aimé son mari en arrive-t-elle à lui assener un coup de tisonnier sur le crâne? Patiemment, en douceur, il fit comprendre à Jeanne qu'il était inutile de mentir. Il savait qu'elle avait frappé son homme. La pauvre femme se mit alors à répéter avec obstination:

— I' vont m'amener! I' vont m'amener! Qu'est-ce que mes p'tits vont devenir, mon Dieu? Qu'est-ce qu'i' vont devenir? Elle ne s'apitoyait déjà plus sur elle-même, toute sa pensée désormais s'accrochait à ses enfants.

Mais non! On ne l'emmènera pas. Après tout, elle a raison de dire que c'est un accident. Elle n'a jamais voulu tuer son mari. Allons! Un peu de sang-froid. Tout ce que le docteur veut savoir, c'est comment ce malheur est arrivé. Après, elle pourra compter sur son aide. Jeanne fit un très grand effort, ravala ses larmes, se moucha un bon coup et raconta le retour de Zèbe, la façon brutale dont il avait arraché les aveux à sa petite, enfin sa réaction de fou furieux quand elle avait voulu se soustraire à ses coups. Elle avait simplement voulu l'assommer pour donner le temps à son enfant de se réfugier en lieu sûr. Autrement, il aurait pu la tuer, il l'aurait sans doute tuée, enragé comme il était. Mais il fallait le comprendre. Il n'était pas un tueur, son Zèbe. Toutefois, deux années à ruminer sa rancœur... puis il avait bu... et la petite avait voulu fuir. Il ne fallait pas. Si seulement elle n'avait pas bougé, il se serait contenté de la battre. Elle n'en serait pas morte, n'est-ce pas? Après, Zèbe aurait pardonné car il l'aimait sa petite fille. Il en était fier. Après tout, elle n'est pas une enfant comme les autres. Elle n'avait pas voulu lui faire du mal... Si seulement elle n'avait pas bougé, elle n'aurait pas été forcée de le frapper. Elle n'a jamais, au grand jamais, voulu le tuer! C'est un accident! «Mais i' vont m'amener pareil. Mes p'tits! Mes p'tits! Qu'est-ce qu'y vont devenir? Qu'est-ce qu'y vont devenir?»

— Madame Préjean! Reprenez vos sens. Ou bien je me fâche! Allons! Allons! Puisque je vous promets qu'ils ne vous emmèneront pas! Je n'ai qu'une parole, non? N'est-ce pas, monsieur le curé?

Le curé qui vient d'arriver, interrompt ses prières, relève la tête et dit:

— Je l'ignore, docteur. Il faudra d'abord m'expliquer ce qui est arrivé.

Et il recommence à faire l'onction sur la bouche de Zèbe. La vue du curé qu'elle n'avait même pas remarqué ramène Jeanne à une autre préoccupation. Maintenant, elle va se damner. Le docteur a beau lui répéter que puisque c'est un accident, ce n'est pas un péché, il faut que ce soit le curé qui commence à comprendre, qui en fait a compris, qui, lui, affirme qu'un accident n'entraîne pas davantage de responsabilité morale que légale. Cette affirmation autorisée calme un peu la désespérée. Les deux hommes lui conseillent alors d'amener ses enfants chez sa voisine. Sortant de la maison, Jeanne appelle ses petits et va frapper chez Antime, où elle amène Rose dans sa chambre et lui explique en sanglotant l'horrible accident qui vient d'arriver. Rose reste complètement aphone. Tout à coup Jeanne est assaillie par une autre crainte: les frères de Zèbe! Ils vont la tuer! C'est certain! Mon Dieu! S'arrachant à sa stupeur, Rose s'efforce de la rassurer. Ce sont des hommes rudes, sans doute, mais ils sont justes et ils ne sont pas fous. Ils comprendront. Au besoin, le curé et le docteur expliqueront à ces grandes brutes.

Ces derniers sont précisément en conciliabule. Après avoir appelé le croque-mort, ils sont sortis et se promènent devant la maison de Zèbe. Ils sont visiblement préoccupés, le docteur surtout qui est en même temps coroner du comté. On ne dresse pas un certificat de décès à la légère. Après tout, il y a mort d'homme. Et Dieu sait combien cette mort va faire jaser! Zèbe Préjean n'était pas homme à mourir d'une chute dans sa cuisine.

— Avouez, monsieur le curé, que pour une fois, les anges auraient pu rester chez eux!

— Oui. Sans cette illuminée, nous n'en serions pas là. Le docteur revient tout de même à sa préoccupation première. S'il écrit la stricte vérité, Jeanne sera traduite en justice. N'est-ce pas assez de la pauvreté qui va fatalement se réinstaller dans cette famille? N'est-ce pas assez de cette fameuse histoire d'anges qui les a tournés en ridicule? Pendant que leurs pères étaient en prison, on les appelait les anges pouilleux, ces pauvres petits Préjean. La moitié a quitté l'école, incapable de supporter la cruauté des anciens camarades. Jusqu'aux adultes, bande d'imbéciles!, qui ont abusé de la situation et pris les Préjean en dérision. N'est-ce pas assez de la honte qui a suivi l'arrestation des Pouilleux et qui a encore ajouté au mépris à peine voilé que tout le monde leur porte depuis toujours? «Vraiment, monsieur le curé, il y a des fois où la Providence semble bien dure pour ses enfants, Pouilleux tant que vous voudrez. »

— Allons, allons, docteur! N'essayez pas de sonder les desseins de la Providence. Au fond, ce que vous voulez, c'est ma bénédiction pour arranger un peu votre certificat. N'est-ce pas?

— Eh bien oui! Si je sentais ma responsabilité un peu partagée, je crois que je pourrais en effet rédiger le certificat de telle façon que madame Préjean n'aille pas se promener devant le juge. Songez qu'après ce que son mari lui a fait endurer, il ne sera pas très clément. Vous le connaissez. Sa froideur a de quoi geler un bouledogue.

— Sans doute, docteur. Sans doute. Allez, rédigez votre rapport en toute quiétude. Je préfère la justice de Dieu à celle des hommes et Dieu sait que cette femme n'a jamais voulu tuer son mari.

Voilà qui calme un peu le médecin. Il reste toujours un certain risque, mais on n'a jamais encore questionné ses papiers officiels, encore moins exigé une autopsie. Il faudrait vraiment que la guigne s'acharne. Et puis, après tout, décéder d'une chute accidentelle provoquant un anévrisme cérébral, ou décéder de la même chose à la suite d'un coup violent assené avec un objet contondant, où est vraiment la différence... pour le mort? Enfin, la police sera sans doute si heureuse de voir l'ennemi numéro un à la retraite perpétuelle qu'elle ne se donnera sûrement pas la peine de rouvrir un dossier classé par le coroner. Puis, risque ou pas, irrégularité ou pas, son devoir de chrétien sinon de citoyen est d'éviter à cette pauvre créature d'affronter l'appareil aussi lent que redoutable de la justice. Il sait trop combien de pauvres ignorants littéralement affolés par le flegme des juges, la grandiloquence des avocats, la sévérité et le décorum des lieux, sont revenus traumatisés à jamais par de pareilles expériences, même après avoir été acquittés. La Jeanne est déjà à moitié folle de douleur, il y a de quoi la rendre malade en plus. Et Dieu sait combien elle aura besoin de tout son temps et de toutes ses forces pour réussir à nourrir ses dix bouches, et au prix de quelles humiliations.

Dans l'immédiat, il faut donner une sépulture décente à Zèbe. Bien entendu, on l'enterrera avec son père et son oncle dans le lot communal pour épargner à sa veuve toute dépense inutile, mais il y a le cercueil, les messes, le service, les toilettes, coutume ridicule, tradition stupide! Comme si c'était ceux qui s'arrachent les cheveux qui ont les plus grands chagrins. Comme s'il était indispensable d'être un peu pharisien pour être bien coté à l'église!

— Allons docteur, Allons! Vous savez très bien que je réprouve autant que vous le grand deuil, surtout dans une famille pauvre. Mais voudrais-je le leur interdire qu'ils ne m'écouteraient pas, et je n'aurais réussi qu'à les blesser dans leur fierté. Je pourrais, bien entendu, chanter gratuitement le service, mais pour les mêmes raisons, je m'en abstiendrai. Je vous promets toutefois de leur demander seulement ce qu'ils considéreront un minimum compatible avec leur dignité.

— Vous avez raison, monsieur le curé. Mais vous ne me ferez pas admettre que la vie n'est pas injuste envers cette pauvre femme.

— Je n'ai jamais prétendu le contraire, mon ami. Tout ce que je peux faire pour soulager sa misère, je le ferai: soyez-en sûr. En commençant par la confesser et lui donner l'absolution pour une faute qu'elle est certaine d'avoir commise même si on doit, de toute évidence, la porter au compte du destin. Ainsi j'espère qu'elle se sentira moins coupable et qu'elle pourra mieux supporter sa douleur.

Le croque-mort qui arrive interrompt la conversation. Le curé lui fait signe d'approcher et, le prenant *a parte*, lui recommande la plus grande discrétion. Après tous les malheurs qui se sont abattus sur cette pauvre famille, il est inutile d'alimenter la désobligeance des gens par des sous-entendus ou des silences qui en disent toujours assez pour attiser la calomnie. Zèbe Préjean est décédé *accidentellement* d'une chute malencontreuse où il s'est heurté la tête contre le poêle. C'est ça la vérité, rien d'autre! Le curé et le coroner sont formels. C'est bien entendu? Le croque-mort proteste, s'inquiète même qu'on lui donne des conseils qu'il a toujours suivis même quand on ne les a pas donnés.

Bien entendu... Bien entendu... Toutefois, les deux amis savent que l'avis n'était pas inutile et qu'il est tout à fait séant de juguler solidement toutes les gorges porteuses de potins nocifs. Il en sortira malheureusement encore assez de vent pour engrosser une tempête. Mais le pire reste à faire. Il faut en effet prévenir les trois frères Préjean, qui sont Dieu sait où, à faire Dieu sait quoi, à boire sans doute... Les deux hommes s'en informent, pour apprendre que Madame Antime a cru bien faire en envoyant son fils aîné les chercher. Ça va. Mais il faut à tout prix que le curé leur parle avant qu'ils voient Zèbe. Autrement, on peut redouter le pire. Ils arrivent justement et demandent bien haut ce qui est arrivé. Un malheur, ils le savent. Mais quel malheur et à qui? À la sainte, sans doute?

— Non pas!
— À qui d'abord?
— À Zèbe.
— Pas à Zèbe! I' est pas mort toujou'?
— Hélas oui!
— Qui c'est qui a fait ça? Qui c'est?!

Fermement, le curé lève la voix et leur impose le silence. Il va d'abord leur expliquer sans aucun détour et avec la plus grande précision comment les choses se sont passées. Le docteur est là qui confirmera ou infirmera puisqu'il est arrivé sur les lieux le premier. Alors, qu'on l'écoute sans l'interrompre. Après, mais après seulement, il répondra à toutes leurs questions. Et le curé relate depuis le début la suite des événements. Les frères écoutent en silence. À la fin, ils sont complètement dessaoulés. L'Udore gémit:

— I' nous avait pourtant juré de pas tuer parsonne!

L'Uclide le coupe brutalement et lui siffle au visage:

— Maudit innocent! I' a pas tué parsonne non plus! C'est lui qui s'est fait tuer. Mais ça s'passera pas d'même!

Lui saisissant le poignet, le curé lui plante son regard dans les yeux et calmement lui dit :

— C'est comme ça que ça s'est passé, Euclide, et c'est comme ça que ça va rester. Tu m'as bien compris ? Autrement, c'est à moi que tu vas avoir affaire !

Euclide se calme, puis se mouchant, renâclant encore un peu, il réplique :

— Quand même, monsieur le curé, y a toujours des maudites limites à la misère d'un homme. Vous trouvez pas ?

— Mais oui, Euclide. Mais oui. Je te comprends et, crois-moi, je partage ton chagrin. Mais pour l'instant, ce n'est pas de nous qu'il s'agit. C'est de Jeanne et de ses enfants... particulièrement de la petite Ange-Aimée. Pensez à ce qu'elle endure maintenant en plus des coups que son père lui a donnés...

On approuve le prêtre : c'est donc bête de n'avoir pensé qu'à sa colère, qu'aux fameux règlements de compte. Si le Zèbe avait pardonné aussi, il fêterait son retour avec eux, tandis que maintenant... Qu'est-ce que monsieur le curé veut qu'ils fassent ? Il veut qu'ils aillent tous trois chez Antime où Jeanne pleure sans doute toujours. Il veut qu'ils aillent la voir tous ensemble, qu'ils lui offrent leurs sympathies, qu'il l'assurent de leur aide pour passer à travers ce terrible moment, qu'ils s'engagent à considérer ses enfants, *incluant la sainte*, comme les leurs propres et qu'ils lui affirment tous trois savoir comment et pourquoi leur frère est mort, mais qu'ils savent que c'est un accident et que ça restera un accident... à jamais !

— C'est ben correct, concède l'Uclide.

— On va fére ça, promet l'Udore.

Quant à l'Antime, il se râcle la gorge, se gratte la tête et déclare:

— C'est connu, j'aime pas les curés. Mais ça, monsieur Sasseville, c'est parlé comme un homme. J'peux pas dire autrement.

Après cela, il ne leur reste plus qu'à prendre congé du curé et du docteur qu'ils remercient chaleureusement. Puis, ôtant leurs chapeaux, ils se dirigent lentement vers la maison de Zèbe. On l'a étendu sur son lit. Les trois frères s'approchent et le regardent longuement dans le silence le plus complet. Alors, on voit les épaules de ces brutes commencer à s'agiter, pour être secouées bientôt comme au galop d'une bête affolée. Antime l'aîné réussit le premier à reprendre sa maîtrise de lui-même. Puis doucement, tout doucement il emmène ses deux cadets. Revenus dehors, ils se séparent un moment, respirent comme des noyés revenant en surface, se mouchent bruyamment et sans dire un mot ils se dirigent vers la maison d'Antime. Ouvrant délicatement la porte, ils regardent la Jeanne entourée de ses belles-sœurs qui tentent de la consoler, s'approchent, la lèvent, l'entourent de leurs bras vigoureux et disent simplement, la voix rauque:

— C'est un accident, Jeanne. C'est un accident. On est touttes avec toé.

Pour la première fois depuis des heures, Jeanne esquisse un sourire empreint d'une timidité infinie et murmure:

— Marci les p'tits garçons, marci ben. Vous savez pas comment vous m'faites du bien.

168

Alors ils se retournent un à un vers la sainte, s'approchent et chacun à son tour, lui passent la main sur la tête, délicatement, tout délicatement, avec dans les yeux une tristesse insondable. La sainte éclate en sanglots, secouée comme un pauvre pantin désarticulé. Incapables d'en supporter davantage, les frères sortent, et l'Uclide part d'une abominable cascade de blasphèmes. Enfin, un peu soulagé de ce poids intolérable qui lui écrase la poitrine, il regarde ses frères et leur dit à travers les larmes :

— Vous direz c'que vous voudrez, mais l'Bonyeu est pas juste.

— C'est connu, Uclide, j'l'ai toujours dit : y a pas d'Bonyeu ! En tout cas, pas pour nous autes.

11

On n'avait pas fini de commenter le retour
de Zèbe qu'il fallut parler de son départ. Certains — une minorité — pour affirmer que
c'était un bon débarras. Que Dieu ait son âme,
et qu'on n'en parle plus... Non mais c'est vrai!
Depuis des années on n'entend plus parler que
de ces maudits Pouilleux : de Zèbe, de sa sainte,
de ses frères, des deux putains. Il y a des limites à la fin! Si tout ce qu'il faut pour faire parler de soi, c'est d'être un bon à rien ou une
traînée sur laquelle il n'y a que l'Océan Limitée
qui ne soit pas passé, c'est trop facile. On ne
parle pas tant des bons chrétiens et des citoyens
exemplaires, allez... Évidemment... C'est tout
de même curieux de voir combien il est difficile
de parler en bien de son prochain et combien
le salir est aisé. Cela coule de source. C'est même un sujet de ralliement universel. Pour dé-
blatérer, un savant et un ignorant se meuvent
avec une parfaite aisance et une cohésion remarquable sur le même terrain. Partout ailleurs, ils

sont tellement étrangers l'un à l'autre qu'ils n'arrivent pas à parler le même langage.

La plupart, toutefois, même si en leur for intérieur ils condamnent la conduite de Zèbe, s'accordent à le trouver sympathique malgré tout. Il avait du cran, du talent, du panache. Mais, on n'en est pas encore à son éloge funèbre. Il y a trop de questions en suspens. Cette mort brutale et tout à fait inattendue laisse songeur. Quelle que soit la version officielle, il est terriblement difficile d'admettre que Zèbe Préjean, un homme dans la force de l'âge, taillé en athlète, rompu depuis son adolescence aux travaux les plus pénibles et qui n'a jamais été malade que lorsqu'il s'est acheté ses maladies à l'hôtel, soit décédé d'une chute accidentelle dans sa propre cuisine. Cela ne tient pas debout, voyons! Allez raconter cela à d'autres. Un Pouilleux, particulièrement Zèbe, a le cuir plus dur que cela et, fût-il tombé du deuxième étage sur son fameux poêle, il serait toujours debout, le Zèbe, et prêt à relever n'importe quel défi.

Tout le monde trouve qu'il y a du louche dans cette histoire. Si l'on avait dit qu'il était décédé d'une crise cardiaque, on aurait mieux avalé la pilule. Ça s'est vu en effet, des hommes d'une force herculéenne, bâtis comme des taureaux, qui sont partis du cœur avant d'avoir leur premier cheveu blanc. Les exemples ne manquent pas. Souvent ces colosses cachent un «faible» qui les emporte prématurément. Mais l'accident... à d'autres! «Si vous voulez mon idée... » et chacun y allait de son hypothèse, échafaudait sa théorie: Zèbe était peut-être tombé seul, mais peut-être l'y avait-on aidé un

172

peu, ivre ou pas. D'ailleurs, il n'avait pas eu le temps de s'enivrer : tous ceux qui l'avaient vu sortir de l'hôtel et ils étaient fort nombreux — en fait, tout le village, à un moment donné — affirmaient qu'il marchait ferme et droit. De là à prétendre qu'on l'avait un peu poussé, il n'y avait qu'un tout petit pas. Mais qui et pourquoi ?

Ses frères n'y sont pour rien. Ils étaient tous à l'hôtel. D'autre part, Zèbe n'a été vu nulle part après son départ du Central. Il a donc dû se rendre immédiatement chez lui. Après tout, c'est naturel d'aller voir sa femme et ses enfants après une si longue absence. Même que s'il y était allé en descendant du train, il ne serait probablement pas entre quatre planches aujourd'hui. Ses belles-sœurs, alors, qui ne lui auraient pas pardonné d'avoir entraîner leurs maris en prison ? Foutaises ! Elles s'y seraient mises à toute la bande, que Zèbe les aurait pulvérisées.

Mais qui alors ?

Tout ce que l'on peut dire, c'est que Zèbe Préjean n'était pas homme à laisser circuler tranquillement le salaud qui l'avait dénoncé. Quand il discutait à l'hôtel avec ses frères, c'est sans aucun doute du mouchard dont ils s'entretenaient.

Peut-être ont-ils alors mis Zèbe au courant de la lettre anonyme ? Allons donc ! Il devait connaître ce détail depuis un fameux bout de temps. Non, c'est plutôt du donneur dont il a dû être question, parce que ses frères devaient le connaître.

Dans ce cas-là, pourquoi n'auraient-ils pas accompagné Zèbe? Après tout, ils en ont pris chacun pour un an.

Sans doute, mais Zèbe était assez grand pour régler ses comptes tout seul. C'est probablement de cela qu'il les a convaincus durant les deux heures qu'ils ont bu ensemble. Zèbe voulait liquider cette affaire seul, mais il aura décidé de passer chez lui d'abord et puisqu'il n'en est pas sorti... La trahison doit venir de chez lui? Encore un qui a pris un coup de soleil sur le crâne! C'est ridicule voyons! Zèbe aurait... et puis, tiens, ça ne vaut même pas la peine d'en parler. Qui aurait pu vouloir la perte de Zèbe dans sa famille? Il les avait sortis du trou, ils commençaient en fin à vivre comme du monde!

Décidément, c'est un mystère.

Pas si on l'avait assailli par derrière, avant qu'il n'entre chez lui. Pas si le traître avait pris les devants pour éviter de se faire estropier pour la vie.

Allons donc! On ne laisse pas un assassin en liberté; même si c'est l'assassin d'un Pouilleux!

Évidemment...

Voilà une énigme particulièrement épineuse. On a beau poser la question de cent façons différentes, et on n'y manque pas, on aboutit toujours au même cul-de-sac. Il vaudrait peut-être mieux alors accepter la version officielle de l'accident? C'est celle du curé, du docteur, du croque-mort, non?

Attention, là! attention! Ces messieurs en savent certainement plus qu'ils n'en disent. Sans doute, mais comment savoir? Faire parler le curé...? Autant vouloir transporter la Butte avec une pelle à neige. Le docteur n'est pas plus loquace et c'est bien dommage parce qu'il est le premier étranger à avoir mis les pieds chez Zèbe. Il y a bien le croque-mort... Oh, si celui-là voulait donc parler! Il doit en savoir des choses... Mais le croque-mort est fuyant comme une anguille, muet comme une carpe. Il ne sait dire que la même ritournelle: «Cessez donc de vous casser la tête. C'est un accident.» Et il s'y connaît. Il en a vu de toutes les couleurs. Enfin! on assomme bien un bœuf avec un tout petit coup, à condition de le placer au bon endroit. Or Zèbe s'est frappé précisément à cet endroit. Il aurait pu avoir un accident dix fois plus grave et s'en tirer très bien, mais pour son malheur... une chance sur cent, une sur mille peut-être... C'est comme ça quand tu as la guigne collée à la peau... Pas besoin de monter dix fois sur le coq du clocher pour prouver qu'on n'a pas le vertige. Une fois suffit, non?

Bon! Puisque ceux qui savent ne veulent pas parler, il faudra bien se contenter de la version officielle et s'armer de patience. Car on en saura bien davantage, toute la vérité peut-être..., un jour. Plus tard, quand les passions se seront calmées, que l'oubli se sera un peu installé, mine de rien, la petite indiscrétion qui a la vie si dure se frayera bien un chemin et on finira certainement par apprendre la vérité vraie. «Oui, monsieur! Accident ou pas, on mettra jamais dans la tête d'un homme qui a son génie que Zèbe est mort de sa belle mort.»

Il fallait pourtant inhumer Zèbe. D'autant plus vite qu'on n'embaumait pas alors et qu'on gardait la dépouille mortelle chez soi. Dans une cuisine de douze sur seize, envahie par la parenté qui se relayait nuit et jour, il ne fallait prendre que le temps jugé convenable pour les arrangements avec le curé et l'entrepreneur des pompes funèbres et pour laisser venir les parents lointains. La règle était: trois jours. Dans le cas de Zèbe, toutefois, comme la troisième journée tombait un dimanche et qu'on n'inhumait pas le dimanche on préféra ne pas attendre. Il fut donc exposé deux jours et le troisième, on le porta en terre. Peu de monde fit une «visite au corps». Les circonstances entourant le retour et la mort de Zèbe firent comprendre aux gens que les Pouilleux préféraient pleurer leur frère seuls. Lorsque quelques curieux insatiables eurent attesté qu'on ne voyait strictement rien, que Zèbe n'était pas «maganné pantoute», qu'il semblait seulement endormi, les visites cessèrent et les discussions reprirent, plus âpres que jamais.

Par ailleurs, le genre de popularité de Zèbe n'était pas de celles qui amènent les gens à compatir dans le malheur, mais plutôt de celles qui avivent la curiosité. Dans les bois, Zèbe avait toujours fait équipe avec Euclide et ne s'était mêlé à aucun groupe. Au fond, tous les bûcherons l'exécraient souverainement. On pardonne mal à un premier de classe de ne jamais laisser la place aux autres. Zèbe était le champion draveur et le meilleur bûcheron de la région; cela avait fait bien des envieux. À la maison, il recevait à peu près uniquement ses frères. Même durant les années de clandestinité, il éconduisait les rares clients ou intermédiaires qui venaient chez lui, préférant traiter chez eux ou sur un terrain neutre. À l'hôtel, ses amis d'un jour n'étaient au fond que des sangsues obséquieuses qui s'empressaient de le calomnier dès qu'il avait vidé les lieux. Les hommes d'affaires le considéraient comme un intrus, d'autant plus que son commerce était illicite, mal vu des gens bien et vilipendé par l'Église. Le Pouilleux s'était assis un temps à leur table, les avait traité d'égal à égal, peut-être même de haut, mais s'il n'avait pas été une brute, on lui aurait vite fait comprendre de garder ses distances : on n'avait pas pacagé les vaches avec lui. Enfin, ceux à qui il avait cassé la gueule ne le disaient pas tout haut — il faut respecter les morts quels qu'ils soient — mais en leur for intérieur, ils se réjouissaient du «bon débarras». Ils allaient désormais pouvoir entrer dans la cave du Central sans risquer de tomber sur ce bouledogue vindicatif.

En résumé, bien peu de gens le regrettaient. Toutefois ses derniers malheurs, sa mort brutale, ses anciens succès le rendaient malgré tout attachant, provoquaient la curiosité, suscitaient les commentaires. Bref, Zèbe était une rareté, bonne ou mauvaise selon celui qui le regardait, mais une rareté. Quant à sa femme, on la plaignait sincèrement. Elle avait eu dans sa vie de quarante ans bien assez de malheurs pour meubler largement une existence de quatre-vingts. Née sur une terre de roche, elle avait trimé d'une étoile à l'autre depuis son enfance. «Fille engagère» à l'hôtel dès l'âge de douze ans — c'est d'ailleurs là que Zèbe l'avait connue — elle n'avait quitté le torchon de servante que pour prendre celui de ménagère. Elle avait fait dix beaux enfants qui, en retour, lui avaient donné des cheveux blancs. Quant à Zèbe, elle avait tout enduré de lui, car même s'il l'avait aimée, cela avait toujours été à sa façon. Elle lui avait tout donné avec une humeur agréable et une patience angélique. Il lui avait en retour donné beaucoup d'emmerdements et pas toujours avec élégance. Heureusement qu'elle avait eu sa petite sainte!

Elle porte toutefois moins haut, la sainte, depuis que ses anges sont interdits de séjour. Dans son petit manteau noir, encadrée par ses frères, elle suit le corbillard, les épaules secouées par des sanglots incontrôlables. Depuis la mort de son père, elle est absolument inconsolable. Et la pluie qui n'arrête pas de tomber... Une pluie glaciale qui fouette presque à l'horizontale, poussée par un nordet déchaîné. Un temps à ne pas mettre un chien dehors. Pourtant, la cloche tousse au loin, qu'on entend par-ci par-là à travers les hurlements de la rafale, et il faut lui obéir. Seuls la grand-mère percluse de rhumatismes et les petits derniers ont été exemptés du pénible devoir. Tous les autres sont endimanchés du costume le plus sombre qu'ils ont pu trouver, voire le complet bleu marine de la noce qu'on a débusqué du placard et qui serre résolument aux entournures. Tous les mâles ont la cravate noire et le brassard au bras. Toutes les femmes sont vêtues de noir des souliers jusqu'au chapeau. Toute autre couleur serait jugée inconvenante.

Quelques amis se sont joints à la famille et se serrent les uns contre les autres dans le sillage du corbillard tiré par un cheval noir qui n'en finit plus d'arriver à l'église. Aussitôt revêtue de son filet, la bête s'est sentie « de cérémonie » et, comme à l'accoutumée, elle a imposé à sa démarche le caractère de solennité qui convient en pareille circonstance. Malgré les incitations pressantes du croque-mort dégoulinant de pluie et ruisselant de ridicule sous son chapeau haut-de-forme, elle s'obstine à ne pas distancer les marcheurs, de sorte que la théorie progresse avec une extrême lenteur. Toutefois, malgré le temps exécrable, malgré la distance à franchir, malgré la réputation de Zèbe, une première maison se vide, puis un peu plus loin une autre, puis bientôt la plupart, de sorte que les gens de plus en plus nombreux grossissent les rangs derrière le corbillard. Enfermés dans leur chagrin, arrosés par l'abat, les Pouilleux ne s'en rendent pas compte, mais tout le village est en train de porter Zèbe en terre avec eux.

Avec une quinzaine de minutes de retard, le cortège débouche enfin sur la place de l'église et envahit lentement le parvis. Sous le porche, précédé du porte-croix, flanqué du cérémoniaire et du thuriféraire, le curé attend le corps porté par Eudore, Antime, Euclide et leurs fils aînés. Après les formules rituelles, le cercueil remonte l'allée centrale devant la foule qui s'entasse peu à peu dans l'église. Il n'y avait pas plus de monde au service du premier curé. Curiosité? Un peu sans doute, mais pas assez pour justifier une telle affluence. Sympathie à l'endroit de Jeanne? Assurément, mais là encore, pas assez pour expliquer un mouvement aussi spontané. Il faut bien convenir que la magie exercée par les Pouilleux au cours des dernières années joue encore, joue en fait son dernier mystère.

La messe de *Requiem*, si belle dans sa tristesse chargée d'espérance, envoûte la foule recueillie. À la surprise générale, le curé monte en chaire après l'Évangile. De mémoire d'homme, il faut remonter à la mort du premier curé de la paroisse pour se rappeler un tel événement. Monsieur le notaire, le maire Cantin, le maire Boucher n'ont pas eu droit à un tel honneur. Mais, attention! n'anticipons pas. Le curé n'a tout de même pas l'intention de faire l'éloge funèbre de Zèbe Préjean!? En fait non. Toutefois, le curé profite de la circonstance — il n'a jamais eu un si bel auditoire, sauf à Pâques et à Noël — et il entend bien en profiter. Dans une improvisation venant du cœur, il remercie ses fidèles qui sont venus si nombreux, certainement pas par curiosité mais plutôt, il présume, par charité, accompagner à son dernier repos, un homme qui n'a jamais été un parangon de vertu mais qui a eu, à n'en pas douter, sa large part de malheur, et témoigner à sa famille la sympathie qui remue leur cœur de chrétien. Il veut aujourd'hui les associer tous aux prières qu'il adresse au Tout-Puissant pour accueillir leur frère Eusèbe Préjean dans son paradis. Il a bien dit « leur frère », ce qui signifie qu'il veut encore les unir à ses prières afin que l'Éternel soit clément pour la famille d'Eusèbe Préjean, notamment pour sa femme tellement éprouvée et qui accepte avec tant de courage le grand malheur qui la frappe. Surtout maintenant que devant

Dieu et devant les hommes cette affaire est classée, il souhaite que personne ne revienne sur le passé et il invite ses fidèles à mesurer les conséquences extrêmes où peuvent conduire la médisance, la calomnie, la délation. Il désire, enfin, recommander à chacun d'user de discrétion, de tact et de charité, dans le sens évangélique du terme, à l'endroit d'une famille suffisamment éprouvée pour qu'on lui épargne toute indélicatesse et qu'on s'efforce d'oublier tout ce qui s'est passé depuis cinq ans.

Jeanne voudrait se lever et lui crier sa reconnaissance. Euclide et Eudore refoulent difficilement les larmes qui sourdent malgré eux. Antime, qui a fait exception à sa règle de ne plus mettre les pieds à l'église, murmure :

— C'est connu. La religion, ça vaut pas l'cul, mais le curé Sasseville, c'est un homme, oui, tout un homme !

La sainte sanglote tout haut. Elle est au bord de l'hystérie. Oh, comme elle voudrait être dans le cercueil, à la place de son père ! Si seulement elle pouvait...

Enfin l'absoute. Vite ! Vite ! Que tout cela finisse, qui vous poigne aux tripes, vous broie le cœur, vous met à nu devant les curieux. Vite ! Que finisse enfin cette indécence : la douleur est un plat qu'on devrait pouvoir manger seul. Et le pire moment qui n'est pas encore venu. Ce trou sinistre où le cercueil descend... Cette poignée de boue qui éclabousse, en la mariant, la putréfaction. Cette odeur fétide qui persiste et s'imprègne... Petit à petit la terre trempée recouvre le cercueil pendant qu'on arrache Jeanne et la sainte à leur ultime adieu. La foule se disperse,

181

chuchotant ses commentaires : « Monsieur le curé a bien parlé... Les Préjean faisaient peine à voir... Brutes tant que vous voudrez, ces gens ont du cœur. Et quelle solidarité, n'est-ce pas ?... Et la petite Ange-Aimée, a-t-on jamais vu un chagrin pareil ?... Oui, une bien triste histoire et qui finit fort mal. Si seulement ils avaient des sous... ça ne sera pas Noël tous les jours dans cette maison... Enfin, espérons qu'ils ne pâtiront pas trop. »

On ne se demande plus, pour un temps en tout cas, qui a aidé Zèbe à faire le grand saut. On est tout à la sympathie que le drame inspire et tout à la méditation que suggèrent les propos de monsieur Sasseville. Petit à petit, les rues se vident et chacun rentre chez soi commenter le service. Trempés jusqu'aux os, les Préjean se dépêchent de regagner la Butte. Même le temps n'a pas voulu leur accorder une trêve.

12

Au retour du service, on s'était entassé tant bien que mal dans la cuisine de Zèbe et, comme il est d'usage, chacun y allait d'un éloge qu'il souhaitait capable d'atténuer le chagrin de la conjointe éplorée. Et plus la veuve chialait, plus le disparu s'habillait d'un costume trop grand pour sa taille. Dans le cas de Zèbe toutefois, il y avait du vrai, beaucoup de vrai dans les prouesses qu'on lui prêtait; peut-être un peu moins dans celles qu'on espérait encore de lui: « Dommage qu'il soit parti si vite... » Avec un pareil cerveau, la lune seule était hors de sa portée. Il allait prendre les bornes de la réussite et les repousser où personne ne pourrait les atteindre. Il allait asseoir un empire sur les canistres de miquelon. « C'est connu, précisait l'Antime, i' avait une tête maudite! »

Dommage qu'il soit parti si vite... Rêveur, on laissait errer sa pensée sans toutefois élaborer sur les causes d'un départ aussi inopportun. On se taisait, par fidélité à la parole donnée au curé, mais on n'en pensait pas moins. On respectait aussi la douleur de Jeanne à qui on aurait fait trop de peine en lui disant ce qu'on pensait du rôle de la sainte dans cette affaire. De toute façon, les reproches ne ramèneraient pas Zèbe...

N'empêche que pour un dur coup, c'est un dur coup. Au moment où il avait de nouveau la situation en main, il a fallu la prison pour le ralentir puis la mort pour l'arrêter. Décidément, il n'y a pas de bon Dieu pour les pauvres... malgré tout le respect dû à la religion. Non, il avait été écrit dans le ciel que les Pouilleux naîtraient pauvres et qu'ils mourraient pauvres et il semblait bien, maintenant que Zèbe n'était plus là, que la prophétie s'accomplirait dans toute sa rigueur. Qui pourrait rétablir son commerce? À supposer qu'Euclide ait une partie des talents de Zèbe, comment pourrait-il sans argent remonter la mécanique? Non, décidément, on allait retomber dans l'état où en étaient les choses avant Zèbe. On redeviendrait les fils de Willie Préjean, courant les bois, les rivières, faisant toutes les basses besognes depuis la vidange des puisards jusqu'au ramonage des cheminées, pour ne pas tout juste crever de faim. Les bourgeois ne sont pas fous, ils sont bien plus vicieux qu'ils sont fous — c'est Zèbe lui-même qui le disait —, ils s'arrangent toujours pour vous donner juste ce qu'il faut de corde pour vous attacher pour la vie, juste assez de corde pour vous pendre.

C'est alors que la sainte qui n'avait pas desserré les dents depuis trois jours se leva, descendit l'escalier, s'avança au milieu de la cuisine, dévisagea tout le monde et s'écria: « Bande de lâches! Vous préférez brailler dans vos verres plutôt de retrousser vos manches. Vous comprenez donc pas que papa veut qu'on continue!» Elle avait compris, elle, depuis trois jours qu'elle voudrait se voir six pieds sous terre, à la place de son père, elle a compris que son père est mort à cause d'elle, qu'elle a amené le malheur dans la famille, et que la seule façon de pouvoir vivre désormais, c'est de mettre toutes ses forces à rebâtir avec eux le réseau de Zèbe. Autrement, elle sait que son père ne lui pardonnera jamais. C'est à elle de faire en sorte que la misère qui les guette par sa faute n'entre plus jamais dans une maison de Pouilleux. Elle a quatorze ans. Elle n'est plus une enfant. Le cerveau de Zèbe, elle s'excuse de le dire, mais elle l'a, et peut-être en mieux. D'ailleurs, il leur a tout appris, il n'y a qu'à suivre un sentier bien balisé.

Il faut boire et reboire à cette noble sortie. D'abord pour se remettre de la stupéfaction, ensuite pour rendre hommage à une si grande sagesse. Zèbe n'est pas mort puisque son cerveau vit toujours. L'espoir se met à renaître lentement puis, petit à petit, les ponces aidant, l'atmosphère tourne à la gaieté. Même les femmes se sont mises à boire. Après tout, une fois n'est pas coutume et aujourd'hui il s'agit en plus de ne pas attraper la crève après être revenu trempé et gelé jusqu'aux os de l'église. Peu à peu l'alcool chaud fait le ciel de moins en moins gris. La sainte a raison, c'est une «bolle», la sainte, on repartira l'entreprise de Zèbe. C'est le plus bel éloge qu'on peut lui faire et il le mérite bien. On trimera deux fois plus fort pour compenser son absence mais on réussira. La sainte a raison, il nous a enseigné tous les trucs du métier, nous n'aurons pas à les réapprendre. Tout le monde se sert de la roue, mais personne ne parle de la réinventer. Certes, on n'a pas l'imagination, les réflexes et le sang-froid de Zèbe, mais à force de travail, on peut, on doit réussir.

Tout le monde se laisse peu à peu gagner par l'enthousiasme. Même la sainte semble se décontracter. Elle a enfin trouvé par-delà la tombe le moyen d'une complicité avec Zèbe. C'est en remettant les choses comme il les a laissées il y a deux ans qu'elle réussira, enfin, à faire taire le remords qui est en train de la rendre folle. Il faut qu'elle y arrive, c'est le prix de son salut. Elle va prier à l'intention de cette réussite... Et puis non! Fini les prières. Pour ce qu'elles lui ont apporté de joie... Elle va travailler à se crever, ça va être mieux. Ainsi, de là-haut, Zèbe...

Elle éclate à nouveau en sanglots. Mais, bordel de Dieu, qu'est-ce qu'elle a encore! Ça ne va pas bientôt finir ces maudites crises d'hystérie? Mais non! Elle est encore triste, bien sûr, mais elle pleure de joie, c'est fou hein!, mais c'est la joie d'avoir enfin trouvé le moyen de rentrer en grâce auprès de son père. Ah bon! Mais elle est toute grelottante. Il faut la soigner autrement elle va attraper son coup de mort, c'est connu. Les femmes s'affairent, la déshabillent. «Oui! Oui! Ton linge est tout trempé.» Allons, pas de fausse pudeur, on est en famille. Les hommes aussi, vous ne pourriez pas vous retourner? Vous ne voyez donc pas qu'elle n'est revêtue que de sa pudeur cette pauvre petite qui est déjà grande. On la bichonne, on lui passe une jupe de laine et un gilet bien chaud. Alors l'Antime réclame le silence :

— C'est connu. Quand on a frette, faut s'réchauffer. Autrement tu peux pogner ton coup de mort.

On savait cela, vous vous en doutez bien...

Antime secoue la tête de découragement. Il va devoir s'expliquer, ce qui l'agace souverainement, ses propos étant censés être suffisamment clairs :

— Donnez-y une ponge, c't'affére !

Mais c'est pourtant vrai ! La sainte se défend, elle proteste :

— J'ai pas froid voyons !

Ah ! Ah ! Il ne faut pas mentir. Si quelqu'un sait que le mensonge est péché, c'est bien elle, n'est-ce pas ?

— Mais j'veux pas boire, c'est bien trop « méchant ! »

Comment peut-elle savoir ça ?

Elle a vu des hommes boire du gin et grimacer.

Oui, mais le whisky ce n'est pas la même chose.

— C'est « méchant » pareil.

Vous m'en direz tant ! Qu'est-ce qui le lui fait croire ? Eh bien... elle a goûté une fois, quand elle était petite... à même la canistre de miquelon de Zèbe.

On pouffe de rire. C'est de la dynamite qu'elle a bu là. On va lui servir un bon coup, préparé selon les règles de l'art et elle va voir ce qu'elle va voir. D'ailleurs, ce n'est pas de la « boisson » qu'elle va prendre, c'est un remède.

Timidement, l'air un peu effarouché, elle goûte. Tiens, mais c'est doux, c'est sucré, puis ça fait tout chaud en dedans. C'est bon! Qu'est-ce qu'on lui avait dit? Mais, attention, ce n'est pas du thé! Il faut boire lentement, bien lentement.

Docile, Ange-Aimée se met à siroter. Et, tout naturellement, la conversation s'oriente à nouveau vers le projet de remise en état de l'organisation de Zèbe. Au fond, ça ne sera peut-être pas si difficile. En attendant le retour de Zèbe, bien des clients anxieux ont souhaité qu'il reparte en affaires dès que possible: il vendait une si bonne marchandise. C'est en tout cas ce que semble confirmer la sainte qui veut un autre petit blanc. Elle ricane maintenant. Elle a les joues toutes roses, à se demander si elle ne fait pas une poussée de fièvre. On tâte son front... pourtant non. Serait-elle pompette? Et puis après... c'est tout de même mieux qu'une «poumonie double», non? «Bien entendu, admet Jeanne, mais rien qu'un p'tit. »

La sainte est rêveuse. Qu'est-ce qui lui trotte encore dans la tête? Oh, rien! Rien de spécial. Elle n'ose pas le dire tout haut, mais elle n'en est pas moins en train de penser qu'on est bien fou quand on est jeune. Elle a tout foutu par terre pour empêcher son père de vendre un poison dégoûtant, qui pourtant est si bon, qui la rend toute molle, qui détend des nerfs en boule depuis des semaines, en fait, depuis qu'elle s'était mise avec Zèbe à compter les jours de captivité qui lui restaient. Si seulement elle avait été assez intelligente pour goûter comme il faut il y a trois ans...

Elle sort de la lune pour entendre Euclide remémorer la célèbre assemblée contradictoire où le Zèbe avait battu comme plâtre deux matamores qui avaient voulu empêcher le notaire de prêcher contre le fédéralisme. Zèbe leur avait écrabouillé le nez sans compter les yeux bouchés et les dents crachées sur le trottoir de bois. Pas spécialement par conviction politique ou patriotique. Les Pouilleux s'attardaient rarement à ce genre de considération: ils se contentaient de vérifier la couleur de l'orateur. La Jeanne émue souriait tristement pendant que de grosses larmes glissaient sur son menton frémissant.

— Oua. I' était ben capable, mon Zèbe!

Douze cents personnes avaient vu la corrida. On se bousculait pour atteindre les premières loges. Le *husting* avait été envahi et les candidats eux-mêmes avaient dû se colleter avec la piétaille pour rester en devant de scène et ne rien manquer. Encourageant fébrilement leurs poulains respectifs, ils en étaient presque venus aux coups après le carnage, l'adversaire du notaire prétendant que si ses supporteurs ne faisaient pas le poids, il pourrait peut-être se charger lui-même de cette demi-portion.

Grandiose, le Zèbe avait prévenu: «Prends ben garde à toé, Jos, si tu touches au notére, tu vas avoir affére à moé icitte, Zèbe Préjean!»

Cette charitable mise en garde avait ramené le député sortant à des sentiments plus démocratiques et on avait pu reprendre les débats, mais pas avant que Zèbe n'eût lancé un défi officiel à quiconque ne laisserait pas le notaire «fére son spitche en paix». Jamais un orateur n'avait parlé plus librement. On osait à peine applaudir pour ne pas provoquer l'ire du Zèbe qui, tel un maître de salle, se promenait dans les rangs, manches retroussées, l'œil inquisiteur et les poings serrés.

— C'était un homme ben capabe en effette, pleurnichait la Jeanne.

— Oua, enchaîne l'Uclide. Vot' pére, mes p'tits enfants, c'était d'l'homme en Jésus-Christ! Vous pouvez marcher la tête haute, i' est pas à veille de s'en promener un aute pareil dans l'village!

— Oua, termine l'Udore, i' a pas été faitte avec d'la mousse de caneçon. I' avait d'qui t'nir.

Il faut se recueillir un moment, puis trinquer à la mémoire de Willie Préjean, lui aussi un homme «dépareillé». Lequel des deux était le plus puissant? À peu près impossible de trancher cette question. Une chose, toutefois, est certaine; Zèbe était un meilleur «chicanier». Forcément, Willie n'a jamais levé la main sur personne! Zèbe tenait sans doute sa pugnacité de la mère, une petite bonne femme aussi hargneuse qu'acariâtre. Ces propos lui donnant enfin l'occasion de parler, celle-ci va trancher deux questions à la fois. Premièrement, malgré tout l'amour qu'elle portait à son fils Zèbe, son vieux était bien meilleur. Deuxièmement, elle n'a pas mauvais caractère et elle est prête à quatre-vingt-deux ans à casser son rouleau à pâte sur le dos de quiconque va venir lui dire le contraire dans la face.

— C'est connu! La mère est douce comme une agnelle!

C'est la conflagration. Toute la tribu se désopile à faire danser les chaudrons sur le poêle. Seule l'aïeule a gardé son sérieux.

— Vous pouvez ben rire, bande d'innocents, avec vote p'tit frére qui est pas encôre frédi.

Ce judicieux rappel éteint les rires. C'est pourtant vrai qu'on rit comme des abrutis et Zèbe qui... Mais voilà l'Uclide qui se met à brailler comme un veau et qui cogne la table à grands coups de poing en clamant sa douleur. Il faut que Berthe s'en mêle. Elle seule sait les mots qui calment, elle seule sait bercer jusqu'à les endormir les chagrins d'Uclide. Et, chose étonnante, ça marche. Sa grande brute qui morvait en quantité industrielle se tarit peu à peu.

— C'est ça, mon vieux. C'est ça. Mouche-toé comme i' faut asteure.

Obéissant comme un gamin, l'Uclide souffle comme les cors du jugement dernier dans un mouchoir qui gonfle comme un mât de misaine sous l'aquilon. Il sèche ses yeux et, redevenant peu à peu lui-même, il s'excuse :

— Ça paraît pas, mais j'ai toujours été tendre, moé, saint ciboére !

Que l'Uclide confonde tendresse et attendrissement, personne ne songe à lui en faire grief. Au contraire, son effusion spontanée l'a haussé si possible dans l'estime de chacun. Même le flegmatique Antime a peine à cacher son émotion :

— C'est la fatique itou, explique l'Uclide. Ça fait quatre nuittes qu'on n'a quasiment pas farmé l'œil.

Ce n'est que trop vrai. Les enfants dorment carrément n'importe où ils ont pu trouver un espace suffisant. Il faut les mettre au lit, il faut se reposer un peu. Il faut surtout laisser Jeanne qui doit être morte de fatigue. Jeanne proteste, remercie tout le monde : comment aurait-elle pu passer à travers sans eux tous ? Mais oui, elle va dormir. Elle n'hésitera pas non plus à demander leur aide. Elle promet enfin de ne pas toucher à la vaisselle et d'attendre à demain que les belles-sœurs viennent l'aider. C'est promis. Tout le monde peut partir en paix.

Toutefois, dès que la porte est définitivement refermée, Jeanne se met au ménage et commence à laver la vaisselle en pleurant. Elle ne peut pas dormir. D'abord elle est trop fatiguée, « ses chairs en tremblent », puis elle a trop de peine dans son cœur oppressé jusqu'à l'étouffement, trop de remords dans son âme ulcérée jusqu'au désespoir. Silencieusement, la sainte qui la comprend essuie les morceaux que Jeanne lui passe.

— Ma p'tite fille, es-tu ben sérieuse quand tu dis que tu veux repartir le commerce de ton pére ?

— Oui meman !

— Tes anges, ma p'tite fleur... Y as-tu pensé ?

— Mes anges... qu'i' mangent d'la maudite marde si ça fait pas leur affére !

Désormais, le cercle est fermé. Qui naît Pouilleux, meurt Pouilleux. Même les anges ne peuvent prévaloir contre un décret aussi rigide. Il n'appartient qu'à Dieu de changer l'ordre des choses...

Ouvrages déjà parus dans la collection
« Roman québécois »

1. Alain Pontaut, *la Tutelle*, 1968, 142 p.
2. Yves Thériault, *Mahigan*, 1968, 108 p.
3. Rex Desmarchais, *la Chesnaie*, 1971, 240 p.
4. Pierre Filion, *le Personnage*, 1972, 100 p.
5. Dominique Blondeau, *Demain, c'est l'Orient*, 1972, 202 p.
6. Pierre Filion, *la Brunante*, 1973, 104 p.
7. Georges Dor, *D'aussi loin que l'amour nous vienne*, 1974, 118 p.
8. Jean Ferguson, *Contes ardents du pays mauve*, 1974, 156 p.
9. Naïm Kattan, *Dans le désert*, 1974, 154 p.
10. Gilbert Choquette, *la Mort au verger*, 1975, 164 p.
11. Georges Dor, *Après l'enfance*, 1975, 104 p.
12. Jovette Marchessault, *Comme une enfant de la terre*, t. I: *le Crachat solaire*, 1975, 350 p.
13. Pierre Filion, *Sainte-Bénite de sainte-bénite de mémère*, 1975, 134 p.
14. Jean-Paul Filion, *Saint-André-Avellin... le premier côté du monde*, 1975, 282 p.
15. Jean-Jules Richard, *Ville rouge*, réédition, 1976, 286 p.
16. Wilfrid Lemoine, *le Déroulement*, 1976, 318 p.
17. Marie-France O'Leary, *De la terre et d'ailleurs*, t. I: *Bonjour Marie-France*, 1976, 210 p.
18. Bernard Assiniwi, *le Bras coupé*, 1976, 210 p.
19. Claude Jasmin, *le Loup de Brunswick City*, 1976, 120 p.
20. Bertrand B. Leblanc, *Moi, Ovide Leblanc, j'ai pour mon dire*, 1976, 240 p.
21. Alain Pontaut, *la Sainte Alliance*, 1977, 262 p.
22. Jean-Paul Filion, *les Murs de Montréal*, 1977, 432 p.
23. Antonine Maillet, *les Cordes-de-Bois*, 1977, 352 p.
24. Jacques Poulin, *les Grandes Marées*, 1978, 202 p.
25. Alice Brunel-Roche, *la Haine entre les dents*, 1978, 202 p.
26. Jacques Poulin, *Jimmy*, 1978, 172 p.
27. Bertrand B. Leblanc, *les Trottoirs de bois*, 1978, 266 p.
28. Michel Tremblay, *La grosse femme d'à côté est enceinte*, 1978, 330 p.
29. Jean-Marie Poupart, *Ruches*, 1978, 340 p.

194

30. Antonine Maillet, *Pélagie-la-Charrette*, 1979, 352 p.

31. Jean-Marie Poupart, *Terminus*, 1979, 296 p.

32. Suzanne Paradis, *Miss Charlie*, 1979, 322 p.

33. Hubert de Ravinel, *les Enfants du bout de la vie*, 1979, 200 p.

34. Bertrand B. Leblanc, *Y sont fous le grand monde!*, 1979, 230 p.

35. Jacques Brillant, *Le soleil se cherche tout l'été*, 1979, 240 p.

36. Bertrand B. Leblanc, *Horace ou l'Art de porter la redingote*, 1980, 226 p.

37. Jean-Marie Poupart, *Angoisse Play*, 1980, 86 p.

38. Robert Gurik, *Jeune Délinquant*, 1980, 250 p.

39. Alain Poissant, *Dehors, les enfants!*, 1980, 142 p.

40. Jean-Paul Filion, *Cap Tourmente*, 1980, 164 p.

41. Jean-Marie Poupart, *le Champion de cinq heures moins dix*, 1980, 302 p.

42. Michel Tremblay, *Thérèse et Pierrette à l'école des Saints-Anges*, 1980, 368 p.

43. Réal-Gabriel Bujold, *le P'tit Ministre-les-pommes*, 1980, 257 p.

44. Suzanne Martel, *Menfou Carcajou*, t. I: *Ville-Marie*, 1980, 254 p.

45. Suzanne Martel, *Menfou Carcajou*, t. II: *la Baie du Nord*, 1980, 202 p.

46. Julie Stanton, *Ma fille comme une amante*, 1981, 96 p.

47. Jacques Fillion, *Il est bien court, le temps des cerises*, 1981, 348 p.

48. Suzanne Paradis, *Il ne faut pas sauver les hommes*, 1981, 194 p.

49. Lionel Allard, *Mademoiselle Hortense ou l'École du septième rang*, 1981, 245 p.

50. Normand Rousseau, *le Déluge blanc*, 1981, 216 p.

51. Michel Bélil, *Greenwich*, 1981, 228 p.

52. Suzanne Paradis, *les Hauts Cris*, 1981, 190 p.

53. Laurent Dubé, *la Mariakèche*, 1981, 216 p.

54. **Réal-Gabriel Bujold, *La sang-mêlé d'arrière-pays*, 1981, 316 p.**

55. **Antonine Maillet, *Cent ans dans les bois*, 1981, 358 p.**

56. Laurier Melanson, *Zélika à Cochon Vert*, 1981, 157 p.

57. Claude Jasmin, *L'armoire de Pantagruel*, 1982, 138 p.

58. Jean-Paul Fugère, *En quatre journées*, 1982, 164 p.

59. Suzanne Paradis, *Emmanuelle en noir*, 1982, 211 p.

60. Michel Tremblay, *La duchesse et le roturier*, 1982, 385 p.

61. Jean Éthier-Blais, *Les pays étrangers*, 1982, 464 p.

ACHEVÉ D'IMPRIMER SUR
LES PRESSES DES ATELIERS
MARQUIS DE MONTMAGNY
LE 4 FÉVRIER 1983 POUR
LES ÉDITIONS LEMÉAC INC.